# d
# et des garçons

Nouvelles

**Jeanne Benameur**
**Shaïne Cassim**
**Kathleen Evin**
**Guillaume Guéraud**
**Véronique M. Le Normand**
**Susie Morgenstern**
**Jean-Paul Nozière**
**Mikaël Ollivier**
**Thomas Scotto**
**Leïla Sebbar**
**Frank Secka**

NI PUTES NI SOUMISES

EDITIONS
THIERRY
MAGNIER

Déjà paru
aux éditions Thierry Magnier,
en partenariat avec le mouvement
Ni putes ni soumises :
*Mixité(s)*, 2007

À Sohanne

# Préface

Les relations entre homme et femme ont fait l'objet d'innombrables débats, de discussions. Tant d'encre a coulé pour expliquer, décortiquer la complexité des liens de l'un à l'autre. Source inépuisable d'inspiration, les plus grands écrivains témoignent de la richesse de cet état de fait. Dès l'enfance on est confronté à cette réalité naturelle et la curiosité de l'autre s'accélère et s'accentue pendant l'adolescence. Période délicate où chacun et chacune se cherche pour sortir de sa chrysalide et être enfin un homme et une femme responsable. Qu'est-ce qu'un homme et une femme sinon rien d'autre que l'humanité !

Chacun d'entre nous compose cette humanité et chacun d'entre nous est responsable du devenir de cette humanité. On peut penser que ce ne sont que des mots !!! C'est vrai. Mais qui connaît la force des mots sait aussi que cela peut être une arme qui éloigne, qui blesse, qui humilie. Comme cela peut être une arme qui rapproche, qui unit, qui libère.

Ce qui est valable à l'échelle mondiale l'est, d'abord et avant tout, proche de nous. Dans notre pays, notre ville, notre entreprise, notre quartier, notre école, notre immeuble, notre cage d'escalier, notre maison. Partout, nous nous rencontrons, partout nous vivons ensemble : garçon-fille ; homme-femme.

Vivre ensemble, le mot est lâché ! Parfois cela semble si difficile et si compliqué quand on est jeune et l'autre peut paraître si différent, comme un territoire inconnu. Et parfois l'autre peut être si cruel dans son comportement. Insultes, violence physique, coup de pression, racket. Et pour certains c'est la peur qui s'installe et la loi du silence qui s'instaure. Imagine juste un instant que tu es « il », imagine juste un instant que tu es « elle », alors tu sauras enfin que toi et l'autre vous vous ressemblez étrangement dans votre façon de ressentir toute la palette des émotions qui font de nous des êtres à part.

Quel triste constat et nous sommes encore si loin du bien vivre ensemble ! Alors, faisons en sorte que chacun et chacune ne se laissent pas contaminer par cette gangrène qu'est la violence quel que soit le visage qu'elle prend. Le rôle de bourreau n'a rien d'enviable et ne prouve que son incapacité à intégrer et à respecter les valeurs de notre société. En voilà un beau mot « respect ». Galvaudé, usé, fatigué le revoilà qui refait surface – telle une recette de grand-mère qui nous rend heureux – empli d'une nouvelle force qui nous amène à vivre ensemble dans le « respect » de l'autre et, en définitive, de soi.

Ces nouvelles qui racontent des choses de la vie, nous interpellent et nous dérangent sur nos insuffisances. C'est tellement vrai et si bien écrit, même si parfois c'est dur. Il n'en demeure pas moins que l'espoir se niche dans toutes les phrases qui deviennent le miroir de l'autre où chacun peut se voir beau ; il suffit juste de le vouloir.

Fadéla Amara

# Le ramadan de la parole

Jeanne Benameur

Faire ramadan, je sais ce que c'est.
Du lever au coucher du soleil.
On ne mange pas, on ne boit pas. On n'avale même pas sa salive.

Le ramadan, je ne l'ai jamais fait.

Mais aujourd'hui, je commence mon ramadan à moi. Et aucun dieu ne l'a prescrit.
C'est moi qui décide.
Je fais le ramadan de la parole.
Aucun mot ne sortira plus de ma bouche. De mon lever à mon coucher. Et tant pis pour le soleil. Je ne parlerai plus qu'à la nuit.
Parce qu'à la nuit, personne ne m'empêchera de parler comme je le veux, de dire ce que je veux.
Parce qu'à la nuit je vais à la fenêtre de ma chambre, je regarde le ciel. Et je parle. Libre.

Les mots sont importants. Je l'ai toujours su. Avant de savoir parler, je le sentais. Dans la bouche des autres, les mots, je les entendais rouler. J'étais petite. Quand tout le monde parlait à la fois, à table, j'entendais les mots portés dans les voix de ceux de ma famille. Je me rappelle. Je riais. On ne savait pas pourquoi. C'étaient les mots. Le plaisir de les entendre. Je ne comprenais pas ce qu'on disait mais j'écoutais. Flûtes et tambours, ils me ravissaient.

Aujourd'hui, j'ai quinze ans.
Je suis une jeune fille, comme dit ma mère. Et j'ai aimé ces mots-là dans sa bouche à elle. La première fois qu'elle a dit « Maintenant tu es une jeune fille ! » j'étais fière parce que dans son regard, dans sa voix, il y avait des promesses magnifiques pour moi. Ma vie scintillait dans ses mots.

Je devais avoir douze ou treize ans.
Au collège ce jour-là, je me rappelle, un garçon nous a appelées, mes copines Zora, Alice et moi, par des noms orduriers. Il nous a traitées avec des mots de boue.

Ça faisait mal à entendre.
Pourtant, lui, je le trouvais beau, lui. Il me plaisait.

Ça faisait encore plus mal.
Tout ce que j'ai trouvé à répondre c'est : « On ne parle pas comme ça à des jeunes filles ! » Ces mots, c'était comme un bouclier avec ma vie qui scintillait dedans et le regard de ma mère pour arrêter la boue.

## le ramadan de la parole

Ah le rire que j'ai déclenché ! Énorme ! Il est allé chercher ses copains, et ça a été encore pire ! Mais ce qui m'a fait le plus mal, c'est qu'Alice et Zora riaient aussi.

Je n'ai pas compris.

Je suis partie à l'autre bout de la cour. Alice et Zora sont restées à rire avec les garçons qui nous insultaient.

Après, elles sont venues me dire que j'avais été vraiment bête de le prendre comme ça, que ce n'était pas grave ce qu'ils avaient dit, que c'était pour s'amuser.

J'ai fait comme si je comprenais.
Mais au fond de moi, je ne comprenais pas.
Et aujourd'hui, toujours pas.
Zora est arrivée avec un voile sur la tête. « Pour avoir la paix », voilà ce qu'elle a dit.

Je croyais que c'était beau d'être une femme. J'y avais cru dans les yeux de ma mère.

J'ai découvert que ça pouvait être une maladie. Honteuse. Qu'il faut faire oublier pour pouvoir vivre tranquille. Je ne dis même pas respectée. Je dis tranquille.

J'ai vu des filles se mettre à parler comme ces garçons qui nous gâchent la lumière. Je les ai vues s'habiller comme eux, prendre leur allure, leur langage. Pour être acceptées. Pour être tranquilles.

Moi je tresse mes cheveux, je les parfume. Rien ne me fera jamais penser qu'être une femme, c'est mal.

Je n'ai pas envie de repenser à tous les mots que j'ai entendus. Tous ces mots qui font de chacune de nous une serpillière à essuyer les crachats.

Il faut se mettre un voile sur la tête pour éviter qu'ils nous souillent ?

Même mes frères s'y sont mis. Et ma mère n'a rien dit.

Mes frères, je ne vous reconnais plus. Vous dites que vous me « protégez ». Mais de quoi me protégez-vous ? D'être une femme ? Il faut qu'on se cache pour être respectées ? De quoi ? De vos pensées ?

Zora a mis le voile. Pourquoi ?

Est-ce qu'on demande aux garçons de cacher tout ce qui nous attire, nous ? Il faudrait qu'ils voilent leur regard, leurs mains, leur peau.

C'est quoi ce monde où il faut toujours craindre ?

Je ne veux pas craindre l'amour. Je ne veux pas qu'on traîne les étoiles de mon désir dans la boue.

C'est mal d'avoir envie qu'un garçon vous regarde ? C'est mal d'avoir envie qu'il approche sa main de votre main ? Qu'il touche votre peau ?

Je ne veux plus participer à ce langage qui fait de nous des bêtes de crainte. Je me lave de toutes ces insultes qu'on entend, de tous ces gestes obscènes, de tous ces interdits qu'ils jettent sur nous pour se protéger de leurs désirs.

On dit que je suis fière. Qu'il faut que je fasse attention. À quoi ?

Je lis les poètes de mon pays. Ambre et lumière. Le désert est comme la peau de l'aimée. Et personne ne songe à voiler le désert.

Je passe l'huile odorante dans les cheveux et je me récite les paroles des poètes. C'est la nuit et je ne baisse pas les yeux.

J'attends qu'un garçon me les dise, ces mots, qu'il me regarde et qu'il me veuille. Nue. Comme je le voudrais nu. Et que ce soit beau. Que ce soit l'amour qui respecte chaque parcelle de ma peau. Je sais que le regard de celui qui aime protège de toute honte. Je sais qu'une femme peut être nue et belle et respectée dans les yeux de celui qui l'aime. Je l'ai appris dans les vrais mots.

Sans crainte.

Qu'il vienne, celui pour qui je me délierai du ramadan de la parole. Celui pour qui ma parole sera.

Entière.

Je suis une vraie femme.

Fière et libre.

# Les compagnons

Shaïne Cassim

C'est une très belle demeure, désuète, coloniale, émouvante. Les hauts murs font un immense rectangle de pierre autour d'elle ; ils cernent la cour intérieure ouverte sur le ciel où trône, légèrement sur la gauche, un vieux puits. La chaleur chauffe chaque mur, se faufile entre les petites filles qui jouent. Elles sont belles. Elles sont belles mais elles se ressemblent toutes un peu. Pas parce qu'elles ont neuf ans toutes les trois, ni parce qu'elles sont revêtues de saris multicolores, non, parce qu'elles ont de longs cheveux noirs et lisses, des joues pleines, une peau très mate et des yeux noirs. Assise en tailleur contre le puits, une enfant en culotte blanche, peut-être plus jeune, peut-être juste plus maigre que ses camarades, se tient tête baissée. Un livre est posé en équilibre instable sur ses genoux. Il parle de la France, des Alpes-Maritimes, de pins ivres de soleil, de l'odeur saline de la mer qui monte par les chemins escarpés. La petite fille écarquille les yeux, comme pour entrer dans le paysage français. Entrer dans le livre et ne plus jamais en sortir. Peut-être est-ce comme ça que l'on va en France. Peut-être est-ce ainsi que l'on oublie Madagascar, l'eau boueuse qui surgit parfois des robinets, les salles au sol de ciment où les bonnes lavent tous les enfants ensemble à grands coups de seaux d'eau tiède, la canicule qui fait couler la sueur entre les omoplates au sortir même de la douche. On s'enfuit sûrement de la sorte, en se concentrant suffisamment pour que le livre vous happe et vous emporte dans l'histoire qu'il raconte. Un pied nu se pose sur la page. La petite fille cligne des yeux. Une des enfants la toise en souriant, son pied posé fermement sur l'ouvrage :

– Tu ferais mieux de mettre ton sari. La fête va commencer. Tu vas te faire gronder. Puis si tu t'habilles, on verra moins que tu n'es pas belle, Anita.

Une autre approche à pas mesurés ; sanglée qu'elle est dans son sari, elle ne peut courir.

– Tss, tss, tes cheveux, oh là là tes cheveux, ma pauvre !

– Quoi mes cheveux ? chuchote l'enfant qui s'est accroupie, les bras enserrant les genoux pour que le livre reste bien caché contre son cœur.

– Ils sont vraiment trop bouclés. Quand on est une vraie Indienne, on n'a pas les cheveux comme ça. T'es sûre que t'es indienne ? T'es peut-être la fille de la bonne.

– C'est pas vrai.

Anita soutient le regard mais son menton commence à trembler.

– Et puis t'es toute maigre. Et tes yeux, ils sont marron au lieu d'être noirs, ajoute la troisième fille, alléchée par l'inquiétude de sa cousine. Tu as la peau presque blanche, t'es peut-être même à moitié française. T'es pas comme nous, dit-elle d'un ton définitif.

Elles sont debout, leurs saris miroitent sous le soleil. Rose indien, rouge sang, vert émeraude. Éventail de couleurs menaçantes qui tournoie au-dessus d'Anita maintenant. Pourvu que les larmes ne coulent pas. Instinctivement, elle plaque ses mains contre ses joues. Le livre glisse et tombe. Elle ne bouge plus, figée devant les trois autres. Peut-être que si elle les fixe tour à tour, elles oublieront que le livre est tombé. Elles restent encore immobiles une seconde. Après c'est trop tard, elles s'en emparent. Anita se lève, les bras collés contre son corps, un filet de voix, à peine un murmure :

– Ne faites pas ça. Je ferai tout ce que vous voudrez. S'il vous plaît.

– Oui mais nous on veut rien, alors comment on fait ? dit sari rose indien.

– C'est juste qu'on t'aime pas, tu comprends, explique sari vert émeraude.

– Oui, c'est pas ta faute. C'est comme ça. C'est parce que tu existes, déclare gravement sari rouge sang.

Anita reste muette. Elle pourrait bouger mais elle ne bouge pas. Elle les regarde, se force à les regarder. Elles jettent le livre dans le puits. Ses larmes brouillent la farandole des jolies petites filles qui rient en sari. Elle regagne à pas lents la maison. Dans la chambre du fond, sous la moustiquaire, l'étrange mélodie de bracelets qui s'entrechoquent. C'est l'aïeule, elle a presque cent ans. Les autres enfants en ont peur. Elle est très vieille, terriblement maigre. Elle erre dans la grande maison, fantôme flottant dans ses robes mauves qui descendent jusqu'aux chevilles. Ses châles fins qui sentent le thé et l'eau de Cologne glissent tout le temps sur ses épaules. Elle erre dans la maison où elle est née jusqu'à ce que son petit-fils – le père d'Anita – s'exclame, exaspéré : « Il faut reconduire Dadhi[1] dans son lit. Elle est encore sortie de sa chambre. » Souvent l'après-midi, à l'heure où les autres font la sieste, elle se lève en catimini. Sa main effleure les murs pour se souvenir, à défaut de voir où elle se trouve.

Elle traverse la cour à pas minuscules, trouve le lavabo derrière le puits. Ses doigts attrapent le bol de thé froid que la bonne a laissé pour elle et, de ses mains décharnées, elle y trempe

---

1. Dadhi : diminutif usuel de *dadhi ma* signifiant « arrière-grand-mère ».

un coin de mouchoir. Elle frotte, à mouvements lents, le tissu sur ses paupières. Anita l'a vue faire l'été dernier. Elle lisait déjà contre le puits. La très vieille dame s'était immobilisée, apeurée par la présence qu'elle avait aussitôt sentie. Anita n'avait rien dit, intimidée. Elle s'était levée d'un bond sans savoir pourquoi. Elles étaient restées l'une face à l'autre. Anita s'était avancée pour prendre son bras. Elle avait aidé la très vieille dame à poser le coton mouillé de thé. Elle avait frissonné en découvrant la peau fine tachée de veinules bleu-violet des paupières de son arrière-grand-mère. Dadhi avait posé la main sur l'épaule de l'enfant en guise de remerciement. Elles avaient retraversé ensemble la cour silencieuse. Elles étaient devenues amies.

– Dadhi, tu dors ? chuchote Anita sur le seuil de la pièce.

– Non, viens.

La moustiquaire s'entrouvre sur le visage qui évoque les meurtrissures d'un fruit flétri. Les yeux bleu délavé, presque aveugles, cherchent la silhouette dans la pièce.

– Je suis là.

Les pupilles se posent exactement à l'endroit où se tient Anita. Une fois que l'aïeule a hoché la tête, Anita s'accorde le droit d'avancer. L'enfant grimpe dans le lit, passe par-dessus le corps immobile pour s'asseoir à ses côtés.

– Elles ont jeté le livre dans le puits.

L'aïeule – si menue que c'en est une douleur de la regarder – s'approche de l'enfant, touche son épaule.

– Tu n'as pas mis ton sari pour l'anniversaire de ta cousine.

– Je voudrais rester en culotte à lire des livres contre le puits. Normalement, personne ne vient par là, surtout quand il fait si chaud. Mais elles sont venues m'embêter.

– Tu ne pourras pas rester en culotte à lire des livres contre le puits toute ta vie.

– Je ne sais pas quoi faire d'autre.

La petite fille s'allonge. Elle n'a pas besoin de se détailler, de se rappeler son corps, elle connaît ses bras minces, ses genoux cagneux, sa petite taille et sa maigreur. La façon qu'elle a de cligner des yeux ou de battre des paupières lorsqu'on l'interpelle. Elle le sait à chaque fois, et à chaque fois, elle oublie qu'il faudrait qu'elle fasse autrement. Elle touche ses cheveux, enroule des boucles autour de ses doigts.

– Mes cheveux, je les déteste, murmure-t-elle.

La très vieille dame tire la moustiquaire, s'allonge elle aussi. Elles écoutent les rires des filles qui jouent à se poursuivre dans la cour. Quelqu'un va se réveiller, se fâcher peut-être.

– Anita, chuchote l'aïeule.

– Oui Dadhi ?

– Un jour, tu sauras quoi faire. Mais tu seras seule. Ils ne t'aideront pas. Personne.

Anita s'approche tout près. Les yeux marron contemplent pour la première fois le regard aveugle, presque translucide, un peu effrayant.
– Pourquoi tu as les yeux bleus, Dadhi ?
– Parce que tu as les cheveux bouclés.
Anita sourit tout d'un coup, mais elle ne sait pas vraiment pourquoi.

Le calvaire est fini. Anita se débarrasse de son sari bleu. Elle enlève vite le jupon et le haut, regarde le chiffon turquoise quelques instants. Elle se baisse, le regarde mieux, les mains sur les genoux, attentive à contempler son triomphe. Elle est debout et il est à terre. Elle saute dessus, le piétine quelques longs instants, ouvre la bouche pour un rire silencieux. Une danse de guerre s'improvise autour de la soierie froissée. Elle savoure la pénombre, le silence, l'absence des autres. C'est bien d'être seule enfin. C'est bon d'être sans soucis jusqu'au soir. Ils sont loin, elle les a semés. Dans l'après-midi finissant, elle cherche, parmi ses vêtements, le pantalon et la chemisette en coton rose usé. Les larmes ont séché sur ses joues mais elle les frotte quand même pour y nettoyer tout souvenir de la fête sur elle. Vite, elle enfile ses sandales et traverse la cour. Elle les entend, dehors, dans le jardin, ils sont juste de l'autre côté, à danser, chanter, rire, boire du thé et manger des gâteaux sucrés. Anita n'aime pas les gâteaux. Elle se penche un peu sur le puits. Rien. Elle ne

pourra ni rien voir ni rien reprendre. Elle file dans la chambre à l'autre bout de la cour.
– Dadhi ?
La très vieille dame se lève à demi. Les bracelets roulent sur ses poignets, Anita sourit une seconde, elle adore cette cascade sonore et, en même temps, elle a peur de ne plus l'entendre jamais. Un jour, elle viendra et les bracelets de Dadhi seront sans vie, elle le sait. Anita se dépêche, grimpe sur le lit, tire la moustiquaire comme si le voile fin cachait de la terre entière.
– C'était horrible. J'ai dû faire la danse indienne avec les autres. J'ai raté les pas. J'avais l'air bête. Papa et maman ont ri. Ils ont dit que j'étais bonne à rien. Il va falloir payer pour lui trouver un mari, s'est moquée grand-mère.
La main aux veines mauves se pose sur le front brûlant de l'enfant.
– J'ai entendu chez Diane quelque chose qu'on ne connaît pas ici. Je n'ai pas vraiment reconnu les instruments mais c'était de la musique.
Anita s'allonge. Elle se concentre sur la voix chevrotante, à peine un souffle qui tremble dans la fin de l'après-midi.
– J'étais assise sur ma chaise, près du bougainvillée. Je m'endormais un peu quand les Français ont mis de la musique. Je l'ai écoutée. Tu devrais aller là-bas, peut-être que tu l'entendrais toi aussi. Je l'ai caché au fond de moi, cet air inconnu. Tu devrais faire pareil. Pour plus tard, quand ça n'ira

pas. Quand on ne peut pas fuir sa prison, il faut se cacher sur place.

– Je ne sais pas, Dadhi, je ne sais pas, murmure Anita un peu troublée.

Peut-être que Dadhi perd vraiment la tête. À presque cent ans, aveugle, repoussée le plus clair du temps dans sa chambre, comment n'entendrait-elle pas quelque chose.

Sa gorge se noue en pensant au livre noyé dont elle ne connaîtra jamais la fin. Ses paupières se ferment, son corps s'ensommeille, elle se sent tellement épuisée, ce n'est ni le soleil ni de s'être obligée à danser. C'est une autre fatigue.

Anita enlève ses sandales. Pieds nus, la petite fille traverse au pas de course la cour brûlante de la maison de vacances. Elle se faufile à côté du bougainvillée. Assise par terre, elle se représente la maison du Sud et les pins ivres de soleil du livre noyé.

– Alpes-Maritimes, murmure-t-elle, les yeux clos.

Le sentier où monte par vagues humides l'odeur de la mer.

– Alpes-Maritimes, dit-elle encore.

Elle se tourne parfois du côté de la maison des Français. Personne n'a le droit de leur parler. Seul Père hoche la tête en guise de salut quand ils reviennent au petit matin de la mosquée après la prière, et que la dame – Diane – et son ami

— Robert — vont, eux, emmitouflés dans des châles indiens acheter des *moukharis*² chauds sur les étals du marché. La toute première fois, les Français s'arrêtent devant la famille qui avance en procession.

— Nous sommes vos voisins, se présente la femme. Voici, Robert, mon compagnon.
— Et voici Diane, ma compagne, ajoute l'homme en la prenant par la taille.
— C'est nous les compagnons, commente la femme amusée.

Ils se mettent à rire sous le regard outragé de Père.
— Nous sommes pressés, nous rentrons, bonne journée, déclare-t-il d'un ton sec.

Les compagnons, comme les appelle depuis Anita, repartent eux aussi. Elle ne peut s'empêcher de se retourner. Ils s'en vont d'un bon pas, enveloppés dans leurs châles roses, à la rencontre du ciel qu'illumine par endroits un orange de nacre. Ils partent chercher le jour pour qu'il se lève, imagine Anita.

— Ridicules, s'emporte Père. A-t-on jamais vu des Européens s'affubler ainsi de châles roses au petit matin ? Et s'en aller acheter des *moukharis* en riant tels des sauvages bras dessus, bras dessous ? Cette femme rit fort, bien trop fort.

---

2. Moukharis : petits pains ronds et sucrés très prisés à Madagascar.

Et Père abat sa canne contre le panier de ylang-ylang devant la maison.

– Ceci est intolérable. Elle devrait être corrigée. Il est insolent de se promener dans la rue comme si on était l'égale de son époux. Une honte, une grande offense pour nous autres musulmans, martèle-t-il, le visage congestionné.

Anita devine sa propre mère restée quelques pas en arrière, en respect de son mari. Elle a pitié d'elle lorsqu'ils croisent les compagnons.

Pourtant ce n'est pas qu'elles s'apprécient toutes les deux. Ça non. Elle est dure, elles ne s'aiment pas, se craignent, s'évitent. Quand sa mère lui jette un regard méprisant, elle est musulmane, quand elle dort, elle est indienne. Anita aime beaucoup la voir dormir. Elle est si jolie avec ses cheveux noirs sur l'oreiller, lisses, épais, brillants. C'est une couronne sombre et sage autour de son visage. Une grâce dont elle l'a privée en lui donnant la vie. Anita s'enfuit juste avant que sa mère ne s'éveille de sa sieste, de crainte d'être corrigée, punie, jetée aux pieds de Père pour qu'elle explique son attitude irrespectueuse. L'enfant se demande souvent comment sont les autres mères. Sont-elles aussi absentes, ont-elles des expressions aussi froides ? Chaque regard de sa mère ouvre un abîme en elle. Une sorte de précipice où elle tombe au ralenti sans jamais toucher le fond. Comme un cauchemar qu'aucun réveil ne sauve.

Anita soupire et, à genoux, se met à ramper.

Une colonie de fourmis s'est mise en marche. Elle les suit, jusqu'à la fissure où elles s'engouffrent. C'est la fissure de la maison de Diane et de Robert, elle gratte un peu la croûte séchée de terre rouge sur le mur. C'est alors que cela arrive. Une goutte, deux, trois, qui se suivent, se répètent, s'entrelacent, se rejettent, une pluie qui tombe gentille, douce, suave, malheureuse et impitoyable à la fois, l'eau qui coule du ciel en baisers liquides. Dans la fissure apparaissent de petits compagnons en châles roses, ils se rapprochent, se causent, murmurent à basse voix des secrets que protège la voûte céleste, ils marchent l'un à côté de l'autre, puis roulent à terre – ce n'est pas grave –, ils se relèvent, s'enlacent, progressent bras dessus bras dessous, en se donnant des coups de coude pour rire, ils gravissent courageusement de longs chemins escarpés, certains qu'en haut, si on la cherche bien, attend, noyée dans l'aube rose orangé, la maison du livre, celle des Alpes-Maritimes et de la France.

Anita écoute et son cœur affamé d'une faim inconnue semble se déchirer pour accueillir les sonorités du voyage et de la vie, celles de la mort et de la rêverie aussi. C'est pêle-mêle la musique du livre noyé et l'air inconnu dont Dadhi lui a parlé.

Elle comprend l'enchantement, elle hoche la tête, c'est une langue de rêve qu'elle entend sans jamais l'avoir connue. Au bout d'un grand

les compagnons

vertige, elle s'écrase contre le sol, elle sourit aux gouttes de sang qui tombent de son nez. Sa nuque se lève doucement vers la fenêtre, ses jambes sont prises dans d'invisibles filets, elle respire comme jamais, saturée de joie parce que c'est là ce qu'elle a vécu de meilleur.

— Ça te plaît, petite ?

C'est Diane. Penchée par la fenêtre du troisième étage, ses bras nus agitent une nappe blanche qu'elle secoue au vent. Anita cligne des yeux plusieurs fois, incapable de parler, prête à s'enfuir, échouant à partir.

— C'est Beethoven, dit Diane gentiment.

« Beethoven », répète Anita dans sa tête, elle s'agenouille, observe la femme qui s'est accoudée et qui lui sourit toujours, elle la contemple et, pressent tout à coup l'enfant affolée, les notes de musique qu'elles écoutent ensemble vont s'évanouir.

— Je voudrais Beethoven encore, lui déclare-t-elle.

— Eh bien viens. Prends l'escalier. Robert nous fera un café.

Anita gravit les marches une à une, avec cérémonie, le visage grave et l'âme légère, elle monte le chemin aux pins ivres baignés de brise marine, il lui semble qu'elle se rend tout de suite dans les Alpes-Maritimes, encore une poignée de secondes ou quelques siècles – c'est égal – elle sera en France.

**Pour Samia**

Kathleen Evin

« Oui, je sais que j'étais la meilleure amie de Samia. Mais ce n'est pas un bien grand titre de gloire car, en fait, j'étais sa seule amie. Et je n'ai rien su empêcher. »

Devant l'écran de l'ordinateur, ma main hésite. J'ai promis de répondre aux questions de cette journaliste qui me tanne depuis des semaines. Et je sais que je dois le faire. Pour Samia, d'abord. C'est ce qu'elle voulait. Que son histoire serve, pour que d'autres filles ne vivent pas la même horreur. Et puis sans doute aussi pour moi : pour faire un peu la paix dans ma tête, si c'est possible. Pour que j'arrive, un jour, à me pardonner. Alors, puisque cette fille veut « de la chair » comme elle me l'a dit, pour lui permettre d'écrire son article, je vais lui en donner. De la fraîche…

« J'habite ici depuis sept ans. Dans la tour Léonard-de-Vinci, la plus haute des dix qui composent la cité des Artistes. C'est là que j'ai débarqué en arrivant de la Guadeloupe où j'ai vécu les onze premières années de ma vie. C'est ma grand-mère maternelle qui m'a élevée, au Moule, un petit village au bord de l'Atlantique. Une vraie carte postale des Antilles : sable blanc, cocotiers, mer turquoise, ti-punch et langoustes grillées. C'était aussi une certaine misère, moins photogénique. La case au toit de tôle qui laisse passer les grosses pluies de l'hivernage, les rats qui galopent la nuit sur le plancher, l'argent rare. Ma mère nous en envoyait, de temps en temps, de France où elle était partie s'installer, quelques mois après ma naissance. Mon père, je l'ai pas connu. Je ne crois même pas que ma mère sait qui c'est. Elle avait seize ans et elle était très jolie. Elle avait plein d'amoureux et voilà…

En onze ans je n'ai pas dû voir ma mère plus de trois fois. Les billets d'avion sont chers et elle a changé souvent de travail. Autant que de copains, je crois. Mais elle m'écrivait et elle m'envoyait toujours un cadeau pour mon anniversaire et à Noël. Moi, je rêvais qu'un jour elle viendrait me chercher, avec un vrai mari qui aurait une belle maison où on pourrait vivre tous les trois…

Mon vrai nom c'est Marie-Gisèle, mais ma grand-mère m'a appelée Marie-Gazelle parce qu'elle trouvait que j'avais des yeux de biche. (Ça y est, je me sens encore ridicule avec cette histoire de gazelle…) J'avais onze ans quand ma mère m'a fait venir en France. Elle s'était installée avec un type, Éric, et elle nous disait que cette fois c'était le bon et qu'il voulait me pour Samia

connaître. Ma grand-mère a eu beau pleurer et prédire le pire, elle a bien dû se résoudre à me laisser m'envoler vers le pays de mes rêves. Après tout, j'y trouverais peut-être un meilleur avenir que sur notre petite île.

L'arrivée à la cité des Artistes, fin août, a un peu refroidi mon enthousiasme. Je trouvais tout gris, triste, angoissant. J'avais froid et je me sentais seule. Ma mère – presque une étrangère pour moi, en fait – travaillait comme aide-soignante dans un hôpital éloigné et n'avait guère de temps à me consacrer. Éric disparaissait et revenait à des horaires bizarres. Passé les premières effusions, il ne semblait plus tellement s'intéresser à moi.

L'entrée au collège fut une épreuve. Trente-huit élèves de toutes les couleurs, de toutes les confessions, qui parlaient fort et dans un langage presque incompréhensible pour moi, qui chahutaient sans cesse, répondaient mal aux professeurs, fumaient et se bagarraient tout le temps, j'avais l'impression d'être tombée sur une planète de fous. Plus de Gazelle. Mes professeurs m'appelaient par mon nom de famille, les élèves préféraient Boule de Neige et se tordaient de rire à cause de mon accent. Je pleurais tout le temps. Et puis j'ai connu Samia.

Elle habitait sur le même palier à Léonard-de-Vinci, à quatre portes de la mienne. Nous partions à la même heure le matin. Elle traînait par la main ses deux petites sœurs, Loubna, six ans, et Fatéma, quatre ans, qu'elle devait déposer à l'école primaire, deux rues avant notre collège. Très vite, de bonjours ensommeillés en choco BN partagés, nous sommes devenues amies. En classe, on s'asseyait à côté. Le soir, on faisait nos devoirs ensemble. Le dimanche on allait à la piscine ou au ciné, si les parents étaient d'accord. Et puis, surtout, on parlait, on parlait. Je lui racontais la Guadeloupe : la mer, les fleurs, les oiseaux et les bruits de la nuit. Je lui décrivais le goût des crabes de terre que l'on fait cuire dans une sauce pimentée à Pâques, et le parfum inimitable de la confiture de goyaves que faisait ma grand-mère.

Samia, elle, était beaucoup plus française que moi. Elle était née ici et n'était allée qu'une seule fois en Algérie, un pays que ses parents avaient quitté depuis longtemps. Elle avait huit ans alors et me disait qu'elle avait bien aimé la mer mais pas trop le reste. Elle avait été choquée par la misère des gens, les familles entassées dans des appartements sans confort. Et, surtout, elle avait été choquée de voir la façon dont les hommes traitaient les femmes là-bas et de la violence de ses cousins, moqueurs et brutaux, envers elle et les autres filles. Ses parents ne l'avaient pas habituée à cela et sa mère lui avait avoué, en rentrant, qu'elle était soulagée de se retrouver chez elle, loin des critiques de sa famille sur ses tenues et sa façon d'élever ses filles. Samia me jurait qu'elle ne remettrait jamais les pieds en Algérie, que ce n'était pas un pays pour les femmes. Sauf, ajoutait-elle en riant, si mon père est obligé de tenir sa promesse et que je me retrouve un jour mariée au vieux cousin à qui on m'a fiancée ! Devant mon air ahuri, Samia m'avait expliqué qu'au cours de ce séjour, un oncle de son père, le chef de la famille, avait demandé Samia pour son fils, alors âgé de vingt-cinq ans.

"Mais tu ne vas pas l'épouser quand même ?"
"T'inquiète pas, Marie-Gazelle. Mon père ne pouvait pas offenser son oncle en refusant son offre. Mais il est prudemment resté dans le vague et il m'aime bien trop pour me faire un truc aussi dingue. D'ailleurs, je suis française, et j'ai le droit de dire non."

Le droit de dire non… C'était sa phrase fétiche, elle n'arrêtait pas de répéter ça, à chaque occasion. C'est aussi ce qu'elle m'a dit et redit ce fameux soir où j'ai débarqué chez elle, en larmes. Le soir où notre amitié de petites filles est devenue une affection profonde, comme entre des sœurs, à la vie, à la mort. À la mort, oui, c'est le mot juste…

J'avais fêté mes treize ans quelques semaines auparavant. Ce n'était pas un moment de ma vie très agréable. Par rapport aux autres filles de la classe j'étais, comme on dit, en avance. Mon corps m'embarrassait. J'avais pris des rondeurs féminines qui faisaient sourire ma mère, et qui, moi, me poussaient à m'enfouir sous des pulls de trois tailles trop grands et des pantalons informes dans lesquels deux comme moi auraient pu tenir à l'aise. Samia, qui était plus maigre et plus plate que moi, m'enviait et tentait de me convaincre que je n'avais aucune raison de vouloir me cacher comme ça. Mais en fait, des raisons, j'en avais.

Éric, le copain de ma mère… Je n'aimais pas la façon dont il me regardait. Ni les allusions un peu lourdes qu'il faisait. Ni ses mains baladeuses. Quand je protestais après qu'il m'avait pincé les fesses ou embrassée dans le cou, il se moquait de moi et ma mère le défendait. "Éric, c'est comme ton père, depuis le temps, Marie-Gazelle ! Ne sois pas si sauvage." Elle ne voyait rien. Mais Éric, il avait changé. Et un jour, j'en ai eu la preuve. Je rentrais du stade, où le prof de gym nous avait fait courir comme des malades. Je me suis précipitée sous la douche, et j'ai oublié de fermer la porte de la salle de bains au verrou. Je me séchais tout juste quand Éric a poussé la porte. Il était en caleçon, l'œil torve, et il est resté là à me regarder en se grattant la poitrine. "Dis donc, Gazelle, c'est que tu es drôlement mignonne. Une vraie petite femme. Tu ressembles à ta mère quand je l'ai rencontrée…" J'ai eu la peur de ma vie. Je l'ai poussé à deux mains, tellement fort qu'il a percuté le mur et que sa tête a cogné violemment l'angle de l'armoire de toilette. Je me suis enroulée dans ma serviette et j'ai littéralement volé à travers l'appartement, le palier, jusqu'à la porte de Samia contre laquelle j'ai tambouriné comme une malade. J'entendais Éric gueuler mon nom. J'étais hors de moi.

Samia m'a ouvert. Heureusement, elle était seule avec ses deux petites sœurs.

Je pleurais tellement qu'il m'a fallu un bon moment pour lui raconter mon histoire. Elle écoutait sans dire mot, sourcils froncés en se mordant les lèvres. Je voyais la colère monter dans ses yeux. Et comme je disais que peut-être, sûrement, sans doute, je me faisais des idées, que j'avais mal interprété, que je prêtais à Éric des intentions qu'il n'avait probablement pas, elle m'a interrompue : "Vrai ou faux, il n'a pas à se comporter comme ça avec toi. Tu dois dire non, Marie-Gazelle, tout de suite. C'est ton droit d'être respectée. Tu dois le dire à ta mère."

"Non !"

C'était sorti tout seul, sans que j'aie eu besoin de réfléchir. Je savais que ma mère prendrait le parti d'Éric. Jamais elle ne voudrait croire que "l'amour de sa vie", comme elle l'appelait, avait regardé sa fille comme un homme regarde une femme, et dans sa propre maison.

Je me remis à pleurer. Je ne voyais pas de solution.

"J'ai une idée." Samia s'était levée d'un bond. "Toi, tu restes là. Prends des fringues dans mon placard. Passe de l'eau sur ta figure et fais goûter Fatéma et Loubna. Je reviens dans un quart d'heure."

Elle est revenue avec Abdoulaye.

Abdoulaye, nous le connaissions depuis toujours. Il est éducateur à la cité des Artistes. Mais, surtout, il y a grandi, avec toute sa famille, qui vient du Mali. Ils vivent au rez-de-chaussée de la tour Mozart. La plus excentrée du quartier – la pire. Celle des racailles et des dealers. Mais Abdoulaye, tout le monde l'aime et le respecte dans la cité. Il est grand et fort. Il est même ceinture noire de karaté. Il arrive à régler pas mal de problèmes en douceur. Et il fait faire du sport aux garçons pour les défouler un peu. Nous, les filles, quand on va à l'école, si Abdoulaye est dans le coin, on n'hésite pas à prendre le chemin le plus court, qui passe justement au pied de Mozart. On sait bien que pas un garçon n'osera nous insulter, nous traiter de putes, ni de salopes si l'une d'entre nous a osé mettre une jupe ou a les bras nus. Mais si Abdoulaye n'est pas là, on ne prend pas de risques : on fait le grand tour et, avec le bus, on met un bon quart d'heure de plus. Mais, comme ça, on est tranquilles.

Abdoulaye m'a regardée dans les yeux. Son regard était doux mais il n'avait pas du tout l'air de prendre ça à la légère. "Gazelle, Samia m'a raconté. Je vais aller parler à ton beau-père puisque tu préfères que ta mère reste en dehors." J'hésitais. C'est Samia qui a tranché : "Il n'y a pas d'autre solution."

Je ne sais pas ce qu'Abdoulaye a bien pu dire ou faire à Éric. Mais ensuite il n'y a plus jamais eu de souci. Du moins de ce genre-là. Car, à partir de ce jour, il a commencé à me pourrir la vie. Tout était bon pour me faire des reproches, me punir, se plaindre de mes faits et gestes à ma mère qui, bien sûr, prenait son parti. L'ambiance à la maison était devenue franchement lourde. Mais, en fait, je préférais mille fois sa méchanceté à sa gentillesse poisseuse. Ce soir-là j'ai dormi chez Samia. Et nous avons parlé toute la nuit. Elle savait déjà tout de moi. Il me restait à apprendre son "secret", comme elle disait.

En fait, ma meilleure amie avait un frère aîné, et personne n'en savait rien ici. Farid était en prison pour trafic de drogue et pas mal d'autres délits. Dans la cité où la famille de Samia habitait avant, il était le petit caïd. De cinq ans plus âgé qu'elle, son frère, tel qu'elle me le décrivait, était beau, charmant, aimant, drôle et généreux. Mauvais élève, il avait glissé peu à peu dans la délinquance en dépit des corrections sévères que lui avait infligées son père et des larmes de sa mère. "Mais c'était pour nous gâter, nous acheter ce dont nous rêvions qu'il faisait ça. Farid, ce n'est pas un voyou." J'étais un peu étonnée : Samia, tellement à cheval d'ordinaire sur la morale, les valeurs, le travail et l'honnêteté, trouvait toutes les excuses à son frère dealer et voleur…

Mais elle me confia le plus important : elle avait entrepris de réconcilier le père et le fils pour que Farid puisse revenir chez eux lorsqu'il serait libéré. "Je te le jure, Gazelle, Farid a changé en prison. Il a étudié. Et puis il s'est tourné vers la religion. Chez nous, tu sais, on respecte l'islam, on fait le ramadan, mais enfin les parents sont plutôt souples de ce côté-là. Mais si la religion a changé mon frère pour en faire un type bien, alors vive la religion !"

Lorsque Samia avait décidé quelque chose, rien ne lui résistait. Elle y a mis le temps, mais elle a convaincu son père de pardonner à Farid. Et l'attente a commencé. Elle a duré quatre ans. Le temps, pour nous, de devenir femmes.

Les derniers jours avant sa libération, elle était sur un nuage. Je ne l'avais jamais vue aussi heureuse. Elle avait emménagé, sans un mot de regret, dans la chambre de ses petites sœurs pour laisser la sienne à son frère. Elle avait tout redécoré pour lui plaire. Une grande fête était prévue pour son retour avec un énorme couscous, plein de gâteaux et la moitié du quartier invitée à participer au retour de l'enfant prodigue. L'excitation de Samia m'avait gagnée et j'attendais avec fébrilité de rencontrer ce Farid qu'elle chérissait tant. Mais cela ne s'est pas passé comme prévu. La fête a tourné court. Une sorte de froid, de gêne, de malaise gagnait les invités un à un et les faisait écourter leur visite.

Farid était en effet un grand et beau garçon, mais tellement différent de ce à quoi nous nous attendions tous que nous ne savions comment lui parler. Il était vêtu d'une tunique blanche et longue portée sur un pantalon large, avec des nu-pieds – en plein hiver ! Sur la tête il arborait une sorte de calotte ajourée et avait drapé un keffieh noir et blanc sur ses épaules. Il portait la barbe et ses yeux, fixes et brillants, se détournaient très vite quand il vous parlait. Surtout s'il s'agissait d'une fille, à qui il refusait d'ailleurs de toucher la main.

À part Samia et sa mère, qui le regardaient avec adoration et se tenaient à ses côtés pour devancer ses moindres désirs, tout le monde l'a trouvé bizarre, pour ne pas dire inquiétant. Il ne souriait pas et ne semblait pas spécialement heureux d'être là. Mais enfin, il est vrai qu'après avoir été enfermé plus de cinq ans, un homme a sans doute du mal à retrouver ses marques.

C'était les vacances de Noël, ma mère et Éric avaient décidé de partir "en amoureux" à la montagne et m'avaient expédiée chez des cousins à Provins. Je n'ai donc revu Samia qu'à la rentrée de janvier, quinze jours plus tard. Pour nous, c'était la "dernière ligne droite", comme nous le répétaient les profs. Le bac français nous attendait au bout de la route. J'ai d'abord cru que Samia se faisait du souci pour ça. Il faut dire que le retour de son frère l'avait davantage préoccupée ces derniers temps que le travail au lycée. Ses notes en avaient subi les conséquences.

Mais je me suis vite rendu compte qu'il y avait autre chose. Elle semblait m'éviter : le soir, quand nous rentrions du lycée, elle ne voulait plus qu'on travaille ensemble chez elle comme nous le faisions la plupart du temps jusque-là. D'abord, elle m'a dit que sa mère était souffrante, puis son père. Enfin, elle a fini par admettre que son frère lui avait demandé de ne plus ramener d'amis à la maison. "Tu comprends, Gazelle, il est devenu une sorte de responsable religieux pour la cité et il reçoit toute la journée des hommes pour prier et étudier. Ce n'est plus possible pour nous d'être là." Je lui proposais de venir chez moi. Mais il fallait qu'elle s'occupe de ses sœurs, aide à préparer le dîner… Il y avait toujours quelque chose. Insensiblement nos rapports ont changé. Elle ne s'attardait plus avec moi, refusait les sorties, fuyait toute discussion. Je me sentais abandonnée. Trahie. J'ai pensé que son frère l'accaparait et qu'elle n'avait plus de temps pour moi. Un samedi où elle avait, une fois de plus, renoncé à m'accompagner faire des courses en centre-ville, alors que je lui avais arraché la promesse depuis une semaine, j'ai explosé. Je lui ai dit ce que j'avais sur le cœur et que, si je n'étais plus assez bien pour elle, je pouvais me trouver d'autres copines. Elle n'a rien répondu, m'a regardée avec colère et s'est enfuie en courant.

J'étais tellement blessée que, pendant des semaines, je n'ai plus fait attention à elle. Et puis les révisions pour le bac m'accaparaient. C'est aux premiers rayons du soleil que j'ai noté chez Samia quelque chose de bizarre. Alors que toutes les filles de la classe sortaient en T-shirt et jupe courte, elle continuait à venir en cours avec un pantalon large, d'un gris terne, couverte jusqu'aux poignets et au cou de sweats d'hiver informes. J'étais étonnée que Samia, si coquette, se laisse aller ainsi. Mais j'étais trop fâchée contre elle pour l'interroger. Je sais bien que ça ne sert à rien maintenant, mais je ne peux m'empêcher de songer que si, au lieu de penser à moi, à mon orgueil blessé, à ses supposés torts envers moi, j'avais eu le geste d'aller vers elle, de m'intéresser vraiment à elle, j'aurais pu tout arrêter, comme elle avait su le faire pour moi avec Éric.

D'ailleurs c'est Abdoulaye qui, mieux que moi, a vu que quelque chose ne tournait pas rond avec Samia. Un soir où je rentrais du bahut avec un groupe de filles de la cité, il m'a abordée. J'ai même pensé qu'il devait m'attendre depuis longtemps parce que ce n'était pas du tout ses horaires. D'habitude, Abdoulaye est extrêmement gentil avec nous. Là, il a renvoyé les autres filles plutôt sèchement et, sans s'attarder à bavarder de tout et de rien, comme il aime à le faire, il m'a demandé brutalement, comme si c'était ma faute, pourquoi il ne me voyait plus jamais avec Samia. Et sans me laisser le temps de lui expliquer ce qu'elle m'avait fait, il m'a dit, en martelant chaque mot : "Tu ne dois pas la laisser tomber, surtout en ce moment. Elle a besoin d'amies, et si je savais à qui d'autre m'adresser je le ferais. Mais elle n'a que toi. Sa vie n'est pas très facile depuis le retour de son frère. S'il te plaît, Gazelle, grandis un peu, ouvre les yeux et arrête de te regarder le nombril !" Abdoulaye a tourné les talons et m'a plantée là, furieuse et désemparée.

Je retournais les paroles d'Abdoulaye dans ma tête. Au fond de moi, je sentais bien que l'attitude de Samia n'était pas aussi simple que je voulais bien le penser. Elle n'allait pas bien, ça crevait les yeux, et c'est moi qui la laissais seule quand elle avait besoin d'aide. Le lendemain matin, après une nuit passée à me retourner dans mon lit, partagée entre colère et angoisse, j'étais décidée à avoir une explication avec elle. Mais Samia n'était pas en cours. Et pas davantage le jour suivant, ni celui d'après.

Un soir, j'ai guetté sa mère sur le palier pour savoir où était Samia. Celle-ci semblait gênée. Elle m'a dit que sa fille avait eu un "petit accident" et qu'on avait dû l'opérer pour un bras cassé. Bizarrement, au lieu de me proposer d'aller la voir, elle m'a conseillé d'attendre son retour à la maison. Je me suis un peu énervée et, comme je haussais le ton, la mère de Samia a semblé soudain terrorisée. Elle a jeté un regard craintif vers la porte de son appartement et m'a chuchoté, très vite, à l'oreille, comme un secret d'État, l'adresse de la clinique où se trouvait mon amie. Et, coupant court à mes questions, elle a filé en me faisant signe de me taire.

Deux jours plus tard, j'entrais dans la chambre de Samia. Elle était amaigrie et très pâle. Sur sa table de chevet, un seul livre. Je me souviens d'avoir pensé que c'était vraiment bizarre, pour elle qui lisait tout ce qui lui tombait sous la main. Comme je ne savais pas trop quoi dire, je me suis approchée pour voir le titre. C'était le Coran. Je me suis penchée pour l'embrasser. Elle n'a pas eu de réaction. Alors, tout d'un coup, j'ai trouvé les mots, ces mots qu'elle devait attendre depuis si longtemps : "Samia, je t'en prie, pardonne-moi. Je n'ai rien vu, rien compris. Je ne suis pas l'amie que tu mérites. Mais dis-moi si je peux faire quelque chose pour toi…"

J'ai vu soudain comme une lumière au fond de ses yeux tristes. Une larme a coulé sur sa joue et elle m'a fait signe de m'approcher en posant un doigt sur ses lèvres. "Écoute, Gazelle, écoute bien et ne m'interromps pas. Nous n'avons pas beaucoup de temps pour parler. Mon frère m'envoie des sœurs pour me garder." Des "sœurs" ? Je ne comprenais rien.

D'une voix entrecoupée Samia m'a raconté ce qu'était devenue sa vie depuis le retour de son frère. Celui-ci avait commencé par sermonner ses parents pour qu'ils reviennent aux préceptes de l'islam. D'abord réticent, mais heureux de la transformation d'un fils qu'il croyait avoir perdu, le père avait cédé, peu à peu. "Tu sais que mon père est fatigué, me dit Samia. Et il a le cœur malade. Il se fait du souci pour nous. S'il venait à disparaître, c'est le fils aîné qui devra s'occuper de nous. Et puis je crois qu'il a un peu peur de Farid et de ses amis. Tous ces hommes qui viennent tous les jours à la maison. Ils disent qu'ils veulent sauver les jeunes du quartier que les Occidentaux pourrissent avec l'alcool et la drogue. Ils sont envoyés par un imam qui s'est occupé de Farid lorsqu'il était en prison."

Samia avait fermé les yeux comme épuisée.

pour Samia

J'écoutais en silence, complètement désemparée. Jusque-là je croyais que ces histoires n'arrivaient qu'aux autres, loin de chez nous, dans des banlieues vraiment pourries, du genre qu'on nous montre le soir à la télévision, et que l'on pense aussi éloignées de notre univers que le Rwanda ou la Bosnie. Mais Samia continuait son récit :

"Mon père a cessé de fumer et il a même renoncé à sa bière du samedi soir. Il accompagne Farid, le vendredi, à la mosquée. Et moi… moi, il n'ose même plus me parler ni m'embrasser !" Mon amie pleure à gros sanglots et mon cœur se brise. "Farid a décidé de reprendre mon éducation en main et de faire de moi une bonne musulmane. Peu à peu, d'abord en tentant de me persuader, puis en me frappant, il m'a interdit tout ce qui était ma vie. Je ne peux plus lire ce que je veux, je n'ai plus le droit de sortir, ni seule ni avec mes amis. Des frères surveillent dorénavant mes trajets entre la cité et le lycée. Il a nettoyé mon placard de toutes les tenues qu'il jugeait impudiques. Et, il y a quelques jours, il m'a annoncé que j'allais devoir porter le voile si je voulais continuer mes études. Nous avons eu une scène épouvantable. Mon père n'était pas encore rentré et ma mère s'est enfermée dans sa chambre pour pleurer. C'est tout ce qu'elle sait faire. Farid m'a injuriée puis frappée. Alors j'ai voulu me sauver, aller sonner chez toi. J'ai ouvert la porte, il m'a attrapée par le bras, me l'a tordu et m'a jetée par terre. J'ai senti une douleur terrible et j'ai dû m'évanouir. Après je me suis réveillée ici…"

Je ne sais plus comment je suis rentrée à la maison. Samia m'avait demandé de partir très vite. Je l'avais suppliée de me laisser aller voir la police, ou un juge, ou une assistante sociale. Mais elle m'avait fait jurer de me taire. Comme d'habitude, Samia avait un plan. "Écoute-moi, Gazelle, j'ai bien réfléchi. L'important pour moi c'est de passer le bac. C'est dans un mois. Ensuite je serai en terminale et, en janvier prochain, j'aurai dix-huit ans. Je serai majeure, plus personne ne pourra m'obliger à quoi que ce soit. D'ici là je vais faire semblant, dire oui à tout pour que Farid me lâche. Et, dans huit mois, je pourrai m'en aller. Tu m'aideras à tenir le coup jusquelà, n'est-ce pas ?"

J'avais promis tout ce qu'elle voulait. Nous avions convenu de continuer à faire semblant d'être fâchées aux yeux des habitants du quartier. Nous ne nous parlerions qu'au lycée, là où Samia espérait que nul n'espionnait pour le compte de son frère. Dix jours plus tard elle revenait en cours. Avec le hidjeb. Accompagnée jusqu'à la grille d'entrée par Farid et trois autres barbus. La révolution ! Le proviseur a failli avoir une attaque, les profs ont menacé de faire grève, les élèves se sont partagés en deux camps ennemis. Ce jour-là Samia n'a pas été autorisée à rentrer au lycée. Ses parents ont été convoqués. Les premiers journalistes ont débarqué. Après quatre jours de palabres, un accord a été trouvé : elle ôterait son foulard en entrant dans la salle de cours et serait autorisée à le remettre en sortant. Farid avait tenté de rester sur une ligne dure, mais les parents de Samia, pour une fois, avaient tenu bon et, rageur, il avait accepté "provisoirement" le compromis. Pendant quelque temps, tout a semblé rentrer dans l'ordre. Nous avions commencé les révisions pour notre bac français.

Toujours déterminée, mon amie avait fini par me convaincre que sa stratégie était la bonne. "Le foulard, je m'en fiche. Dès que je suis majeure, je l'enlève et Farid ne pourra plus rien contre moi. D'ailleurs, il a d'autres chats à fouetter." En effet, on apercevait moins souvent sa silhouette blanche et celle de ses compagnons. Ils étaient occupés, à l'autre bout de la ville, à remettre en état un ancien gymnase que la municipalité, lassée d'être interpellée à chaque réunion du conseil, avait fini par leur attribuer pour créer un "centre communautaire". Seul Abdoulaye, qui me cuisinait régulièrement, ne semblait guère rassuré sur le sort de Samia. Quand je lui jurais que tout allait bientôt s'arranger, il soupirait et s'en allait le dos voûté.

Juin est arrivé. Nous avons passé les épreuves.

des filles et des garçons

Brillamment pour Samia, modestement pour moi. Ma mère, ravie, avait accepté de m'envoyer faire un stage de voile près de Marseille, organisé par l'association sportive du quartier. J'étais partagée entre le bonheur de retrouver la mer et l'angoisse de quitter Samia. Mais elle m'a rassurée. Farid partait en Algérie et avait accepté, étrangement, qu'elle aille passer un mois avec sa mère et ses sœurs chez une tante à Nîmes. Nous nous reverrions fin août, pour préparer notre entrée en terminale, "derniers pas avant la liberté", me dit-elle en m'embrassant. Et nous avons rigolé, comme deux gamines ravies d'avoir berné les adultes. Qu'est-ce qu'on a pu être bêtes…

J'ai dû attendre la rentrée au lycée pour enfin parler avec Samia que j'avais brièvement aperçue à Léonard-de-Vinci, sans pouvoir l'approcher. Son frère semblait à nouveau ancré dans leur appartement. Elle m'a dit avoir passé de bonnes vacances mais écourtées. Sa mère et elle avaient dû rentrer plus tôt que prévu : son père avait été hospitalisé en urgence après un infarctus. Il se rétablissait doucement, mais les médecins lui avaient dit qu'il ne pourrait plus retravailler. À cinq ans de la retraite, c'était un coup dur. Financièrement, la famille allait se retrouver en grande difficulté. "Je vais peut-être devoir chercher du travail tout de suite après mon bac", soupirait Samia. Elle qui rêvait de faire l'IUFM, pour devenir professeur, voyait soudain l'horizon s'obscurcir à nouveau. Seule bonne nouvelle : Farid parlait d'aller s'installer au centre communautaire dont il était devenu le responsable. Et je voyais avec chagrin ma meilleure amie, qui avait tant attendu son retour, ne plus aspirer aujourd'hui qu'au départ de ce frère tant aimé. "Il faut se méfier de ses rêves, Gazelle, me dit-elle un jour, c'est en les poursuivant qu'on tombe de haut." Je crois que c'est la dernière fois que nous nous sommes vraiment parlé.

Son père est mort en octobre. Farid, du coup, n'a plus parlé de déménager. Une semaine après l'enterrement, il a annoncé à Samia qu'il avait pris des dispositions pour elle. Appelant pour présenter ses condoléances, l'oncle d'Alger avait rappelé à Farid la promesse "formelle" de son père envers lui : sa fille aînée était promise à son fils. Il était temps de la tenir. Pour Farid, pas question de se soustraire à un tel engagement, d'autant que l'oncle était un membre important du FIS, le parti intégriste. Tout était arrangé : les billets d'avion étaient pris, la date de la cérémonie fixée, ce serait pendant les vacances de Noël, un mois exactement avant le dix-huitième anniversaire de Samia. Il ne lui restait que quelques semaines de cours, après elle quitterait le lycée pour ne plus y revenir, direction Alger.

Lorsque Samia me raconta tout cela, un matin

glacial de novembre, j'attendis la suite avec confiance. Elle était si calme, si détachée, que j'étais sûre qu'elle avait prévu un plan, un autre plan, pour échapper à ce que son cinglé de frère avait une fois de plus concocté pour lui pourrir la vie. Mais, pressée de questions, elle restait muette. Comme cassée. Bien sûr elle avait d'abord songé à s'enfuir, à se réfugier… où d'ailleurs ? Mais c'était impossible. Sa sœur cadette, Loubna, avait maintenant treize ans. Et si Samia se dérobait à ce mariage, ce serait elle qu'on enverrait en Algérie à sa place. J'étais en rage. "Enfin, ce n'est pas possible ! Tu ne vas pas baisser les bras, partir là-bas épouser ce type que tu ne connais pas, t'enfouir pour la vie sous un voile, dans un pays étranger où les femmes sont des êtres inférieurs. Tu ne vas pas renoncer quand même ?"

Elle m'a regardée bien droit dans les yeux et sa réponse, stupidement, m'a calmée : "Épouser ce type ? Jamais. Mais partir, ça oui, j'y suis obligée. Pardonne-moi, Gazelle." Lui pardonner, mais quoi ? Elle m'a glissé dans la main une grosse enveloppe et m'a dit de la donner à Abdoulaye, demain ou après-demain, qu'il saurait quoi en faire. J'aurais voulu qu'elle m'explique. Comment pouvait-elle envisager tout à la fois de partir en Algérie et ne pas épouser celui que lui destinait son frère ? La sonnerie de reprise des cours nous a interrompues. Elle m'a fait un petit signe de la main, comme lorsqu'on agite le bras sur le quai d'une gare. C'était bizarre. J'aurais dû y faire plus attention.

Le lendemain matin, c'était un samedi, Samia a enjambé le balcon de son appartement et elle est tombée sur la dalle. Treize étages plus bas. C'est Abdoulaye qui a appelé les secours, mais il n'y avait plus rien à faire. Le reste est devenu une affaire nationale : dans l'enveloppe de Samia, il y avait, écrit serré, toute son histoire. Abdoulaye en a fait beaucoup de copies, pour la presse et la police, comme elle le voulait. »

J'ai fini mon pensum. Je tape l'adresse et clique sur envoyer. Dans quelques jours, la vie et la mort de Samia seront une fois de plus transformées en article. Vite lu. Vite oublié ? Je me sens vide. Je voudrais m'enfuir loin. Alors, comme une élève qui répète sa leçon, je me redis les mots qu'Abdoulaye ne cesse de me seriner comme on insuffle de l'oxygène à quelqu'un qui suffoque pour lui permettre de tenir encore un peu : « Samia n'est pas morte pour rien, Gazelle. La justice demande des comptes à Farid. Le centre communautaire a été fermé. La mère de Samia est partie vivre chez sa sœur à Nîmes en jurant que ses deux dernières filles, elles, auraient une vie libre. Et votre association, celle des jeunes du quartier, elle marche bien. Je vois bien, moi, que garçons et filles ont pris conscience qu'il était temps de réagir, de s'entraider, de briser la loi du silence. »

Oui, je sais tout cela. Même que c'est moi la présidente de l'association « Changer de vie ». Maintenant, c'est à moi, qui n'ai pas su sauver Samia, de m'occuper des autres. Mais c'est fou ce qu'elle me manque. Et j'ai peur de ne pas savoir trouver mon chemin sans sa main pour tenir la mienne.

# Trois millions de regrets

Guillaume Guéraud

1

Trois millions de possibilités.

Et Selma les avait pratiquement toutes examinées.

Trois millions de possibilités qui tournaient et retournaient dans sa tête – une putain de tempête sous son crâne !

Elle les avait triées-classées-cataloguées.

Elle les avait ordonnées sous forme d'un questionnaire à choix multiples.

Exemple :

Lui couper la bite :

A. Avec un sécateur.

B. Avec une paire de ciseaux à ongles.

C. Avec un hachoir.

Autre exemple :

Lui supprimer les couilles :

A. En les écrasant à coups de marteau.

B. En les broyant dans un étau.

C. En utilisant un presse-purée.

Sauf que Selma cochait A. B. C. dans tous les cas – et elle avait répertorié un putain de million de cas !

Conclusion : trois millions de possibilités !

Pour en arriver à un seul et même résultat – *le* TUER !

Merde – comment faire le bon choix ?

Selma cogitait.

Selma fantasmait.

Selma imaginait le pire.

Son pouls – « pou-poum ! pou-poum ! » en surmultiplié ! Sa peau – inondée de sueur ! Ses pensées – du sang et de la douleur jusque dans les moindres recoins !

Et la tempête qui lui secouait le crâne a failli l'envoyer percuter la porte du hall.

Le hall au-dessus duquel *il* habitait.

Gaffe !

Reste calme !

Coup d'œil à droite : personne.

Coup d'œil à gauche : personne.

Coup d'œil dans toutes les directions : personne et encore personne – pas même l'ombre d'un putain de chat !

Rien que le soleil qui tapait-cognait-assommait.

Le soleil qui faisait fondre l'asphalte façon ice cream.

Le soleil qui disait : « Bienvenue à Crâme-la-Ville ! »

Elle s'est épongé le front mais « aïe ! » – la

cicatrice sur la tempe droite – et « ouille ! » – la bosse au coin de l'œil gauche.

Deux blessures qui ont boosté ses réflexions vitesse grand V.

Mais tiens – voilà une voiture toutes vitres ouvertes !

Un excité du volant – il avalait la rue à fond la caisse en mordant sur les trottoirs !

Et merde – cette voiture s'est garée juste sous son nez !

Selma a aussitôt baissé la tête – la tête mais pas les yeux – pour observer discrètement la suite entre ses mèches de cheveux.

Matez ce tableau – c'est pas UN excité mais UNE excitée !

Regardez-la sortir de cette foutue bagnole !

Merde – visez-moi cette fille !

Une cicatrice lui lézardait le front – comme Selma.

Ses joues étaient zébrées de griffures – comme Selma.

Son œil droit était abîmé – le gauche pour Selma.

Selma croyait hal-lu-ci-ner !

La fille a fait le tour de sa voiture.

En boitant – pire que Selma !

La fille a ouvert le coffre de sa voiture et l'a refermé et elle tenait maintenant dans une de ses mains un démonte-pneu grand comme ça.

Selma a immédiatement compris – « Cette

fille est là pour les mêmes raisons que moi et cette fille partage les mêmes motivations que moi ! »

Cette fille dont le visage tout entier transpirait des lambeaux de sentiments à jamais délabrés.

Cette fille qui tenait ce démonte-pneu comme un bâton de dynamite dont la teneur en nitroglycérine pouvait saccager tout l'univers.

Selma a tiqué – « Merde ! J'ai pas classé ce genre de matraque dans mon catalogue ! »

Selma a haussé les épaules – « Rien à foutre ! »

Selma a souri – « Ça fait trois millions et une possibilités ! »

2

Trois millions de degrés.

Trois putains de millions de degrés – la température !

Lise a agité une main en éventail pour s'aérer.

Un geste inutile – cette chaleur-là n'était pas volatile.

Tant pis.

Elle a essuyé sa main dégoulinant de sueur contre son short histoire de mieux assurer sa prise sur le démonte-pneu – ce truc-là devait peser cinq bons kilos !

Et elle a jeté un regard circulaire sur le quartier.

Les façades des immeubles qui la dominaient

semblaient se fissurer de partout – n'importe quel joueur aurait pu parier dix contre un que ces blocs de béton ne tarderaient pas à s'écrouler.

Elle a écarquillé les yeux et a ruminé sans desserrer la bouche :

– Sans déconner… Cette cité date du Moyen Âge !

Seules les paraboles braquées vers les satellites invisibles étaient là pour indiquer qu'elle se trompait.

Rien à secouer !

Elle ne savait pas vraiment où elle venait de débarquer mais tant pis – ou tant mieux.

Elle savait juste pourquoi – et c'était amplement suffisant !

Elle allait frapper-défigurer-écrabouiller.

Sauf que là – une fille !

Merde – pile devant la porte du hall où elle devait se rendre pour fracturer-briser-hacher.

– Vaut mieux éviter de laisser sa voiture ouverte dans le secteur ! lui a conseillé cette fille.

Lise a fait pivoter sa tête pour faire craquer ses vertèbres cervicales – klok ! klok ! – avant de répliquer :

– Je vais pas en avoir pour longtemps !

Bon – et maintenant ?

Lise a avancé – « Rien ne me fera barrage ! »

Lise a avancé et a vu le visage de cette fille – bon sang !

Matez ces points de suture ! Visez-moi cet œil enflé ! Regardez ces hématomes gros comme ça !

Merde – Lise a failli en lâcher son démonte-pneu !

Ressaisis-toi !

Lise a souri – Lise a affiché trois dents fêlées.

Et a dit à cette fille :

– Miroir mon beau miroir !

Cette fille qui a souri encore plus largement qu'elle – un beau sourire malgré une dent complètement cassée.

Cette fille qui lui a annoncé :

– Je ne boite pas autant que toi !

Et qui a précisé pour ne pas la vexer :

– Enfin… Je ne boite *plus* autant… J'ai attendu de ne plus traîner la patte pour…

– Moi je ne veux pas attendre ! l'a coupée Lise.

Deux regards vissés-cloués-enfoncés l'un dans l'autre.

Deux regards qui signifiaient simplement : « On est bien là pour la même chose ! »

Et un seul battement de paupières pour sceller un pacte indéfini mais définitif.

Bon – et après ?

Lise a examiné la porte du hall – une porte dont l'ouverture était gérée par interphone.

Tu parles !

Elle a balancé le démonte-pneu dans la vitre et « Frakshhh ! » – le verre qui se fend et dégringole !

Puis – tout en finesse !

Passer un bras entre les éclats pour débloquer le verrouillage.

Pousser la porte.

Consulter les noms sur les boîtes aux lettres.

Voilà le nom !

Un nom qui a fait jaillir des flammes de leurs pupilles à toutes les deux !

Un nom qui a fait brutalement bondir la température de Lise en position « Surchauffe : DANGER !!! ».

Matez un peu le climat sur sa radiographie-météo :

Son sang – chaud. Ses nerfs – à vif. Son cœur – en cendres. Ses muscles – brûlants. Ses canaux respiratoires – bouillonnants. Son crâne – un putain d'incendie !

Et son envie-désir-besoin de perforer-sarcler-charcuter – trois millions et *un* degrés !

3

Voilà le tableau :

Deux filles amochées dans un hall – le hall d'un immeuble vétuste – dont une vitre vient tout juste de voler en éclats.

Deux filles figées-scotchées-agrafées devant une boîte aux lettres.

Puis – un signe !

Quatre doigts en l'air – signification : quatrième étage !

Voilà les escaliers. Voilà la rampe. Voilà les marches.

Qui aurait pu croire que ces deux filles boitaient en les voyant grimper aussi vite ?

Voilà la porte !

Matez un peu le paillasson – « BIENVENUE » inscrit dans un cœur !

Visez-moi la sonnette – complètement déglinguée !

Lise a posé un doigt sur le judas.

Selma a frappé dé-li-ca-te-ment.

Merde – la porte s'est ouverte presque aussitôt !

Merde – la porte s'est ouverte de façon très amicale !

Merde – la porte s'est ouverte sur un jeune mec !

Deux regards interrogatifs-interloqués-interminables.

De Selma à Lise et de Lise à Selma : « Merde ! C'est qui ce mec ? »

Il a ouvert la bouche :

– Vous tombez mal les filles !

Et Lise qui lui colle son démonte-pneu sous le cou. Et Lise qui le projette contre le mur. Et Lise qui le soulève du sol.

Selma a posé la question :

– Où est-il ?

– Pas là… a dégluti le mec.

– Où ?

Le mec s'est étranglé.

Lise a relâché la pression.

Le mec a toussé. Le mec a reniflé. Le mec s'est massé le cou.

– Les flics l'ont embarqué ce matin ! il a fait.

Deux regards stupéfaits.

De Lise à Selma et de Selma à Lise : « Merde ! C'est quoi cette histoire ? »

Elles ont pénétré dans l'appartement et ont visité toutes les pièces – personne !

Le mec a répété :

– Les flics l'ont embarqué ce matin !

Là – une chambre…

Lise en a franchi le seuil. Lise a hoqueté. Lise a vomi.

Une odeur – *son* odeur à *lui* !

Une odeur dont elle n'avait pas pu se débarrasser – même après s'être lavée-savonnée-frottée jusqu'au sang !

La même odeur qui imprégnait cette chambre.

*Sa* chambre à *lui* !

Une chambre propre et soigneusement rangée.

Avec deux posters – face à face – sur les murs : Mike Tyson et *Cendrillon*.

Sans déconner – *Cendrillon* de Walt Disney !

Selma a écarquillé les yeux – « Qu'est-ce que c'est que ce décor à la con ? »

Elle avait imaginé une pièce dégueulasse plongée dans l'obscurité avec des photos de cul placardées dans tous les coins et des bocaux de formol remplis de scalps et d'oreilles !

Selma s'est pincée – « Je rêve ou quoi ? » Selma a enfoncé ses ongles dans ses poignets – « Je suis bien devant un poster de *Cendrillon* ! » Selma a senti et a reconnu *son* odeur – « Je suis bien dans *sa* chambre ! »

Le mec a glapi dans leur dos :

– Eh ben quoi ? Il est pas là ! Les flics l'ont embarqué ce matin ! Je dois vous le dire en quelle langue ?

Lise s'est retournée et lui a envoyé le démonte-pneu dans les rotules.

Le mec s'est plié en deux.

Selma lui a ordonné :

– Raconte !

– Raconte quoi ? a gémi le mec.

Un nouveau coup de démonte-pneu – dans le foie – a fini par enclencher le bon disque.

Le mec a repris son souffle et s'est mis à déblatérer comme un speaker pressé d'en finir avant la pub :

– Les flics ont déboulé à sept heures ce matin ! Je dormais... Mon frère dormait aussi... Ces bâtards se sont jetés sur lui alors qu'il avait encore les yeux fermés ! Ma parole ! Je sais même pas pourquoi... Ils ont seulement dit que des filles avaient porté plainte ! Ils ont craché des formules : « coups et blessures », « viols », « tortures »... Et ils l'ont embarqué comme un chien ! Merde... Tout ça parce qu'il a bousculé une ou deux filles !

Le démonte-pneu l'a atteint à la mâchoire.
Le démonte-pneu lui a fendu les deux lèvres.
Le démonte-pneu lui a fait sauter quatre dents.

4

Une seule certitude – « *Il* est pas là ! » – et trois millions de regrets.
Alors demi-tour.
Les escaliers. Le hall. La vitre en miettes.
La chaleur écrasante-oppressante-étouffante.
Le front de Selma luisait et les épaules de Lise ruisselaient.
Elles ne craignaient rien.
Elles craignaient le monde entier.
Elles ne savaient plus.
Lise a haussé le menton pour désigner sa voiture à Selma :
– Je peux te ramener…
Selma a haussé les épaules pour indiquer à Lise :
– J'habite pas loin…
– Où ça ?
Un geste vague de Selma vers les immeubles au-delà de la rue :
– Pas très loin…
Un clin d'œil de Lise :
– J'ai envie d'aller très loin !
Elles se sont brûlé les mains en ouvrant les portières – le soleil avait transformé toutes

les pièces de la carrosserie en plaques de cuisson !

Selma s'est installée côté passager.

Lise a jeté son démonte-pneu dans le coffre et a démarré en trombe.

Direction : hors d'atteinte !

Elles ont laissé ce quartier derrière elles. Elles ont glissé sur une voie rapide. Elles ont bifurqué sur une route sans aucun panneau de signalisation.

Elles ont emprunté des diagonales étroites. Elles ont suivi de larges courbes. Elles ont pris des tangentes au hasard.

Et elles longeaient maintenant un chemin de cendres loin de partout.

Elles espéraient toutes les deux tomber sur une putain de fée déguisée en auto-stoppeur qui leur dirait : « Laissez tomber ces conneries ! Je connais des mecs bien qui n'attendent que vous ! Allez les rejoindre ! »

Une fée qui déplierait une carte pour leur indiquer l'endroit où se trouvait ce genre de mecs.

Sauf que cette fée ne réussirait même pas à localiser cet endroit.

Ce putain d'endroit ne figurait sûrement nulle part.

# L'âme voilée

Véronique M. Le Normand

Adam ôta ses Noke et les posa sur le rebord de la fenêtre. Les chaussures puaient. Elles puaient la peur. Elles puaient la haine. Elles puaient la mort. Du bout du doigt, il poussa la gauche, sur l'étroite plate-forme de béton, il la poussa jusqu'au point de déséquilibre. Encore un poil, et la godasse disparaîtrait dans le vide. Il l'imagina en train de se noyer dans la nuit. Combien de temps mettrait-elle à descendre les douze étages ? Dans quel état arriverait-elle en bas ? Est-ce qu'il pourrait la remettre après ? C'était une bonne paire de Noke, presque neuve, un modèle que toute la cité s'arrachait deux mois plus tôt et qu'il avait acheté en seconde main. Mais pourquoi sacrifier la Noke, quand l'odeur c'est la bête ? Il caressa sa figure devant la glace qui pendait au-dessus du lavabo. Ses joues piquaient. Il n'était pas encore tout à fait en phase avec ses hormones. Quand il se rasait, il avait tendance à penser que c'était pour toujours. C'est quoi un homme ? 1,80 m, 65 kilos ? Depuis l'été dernier, ses pieds battaient le bitume en quarante-six et ses T-shirts étaient classés XL. À ça non plus, il ne s'était pas habitué. Il se sentait un peu paumé dans son corps. Un grand corps musclé habité par un petit garçon à sa maman, par un petit frère à sa grande sœur, par un élève de première au lycée Pasteur, un gars qui fréquentait le cours de théâtre et le conservatoire de musique, un gars qui voulait faire acteur, plus tard, un gars qui rêvait. Justement, il aurait dû être à la répétition. Son Spok émettait texto sur texto : Kestufè ? Pour la première fois depuis qu'il était abonné, il ferma l'appareil. Il s'allongea sur le lit et il pensa : « Qu'est-ce que je fais ? Je fai-blis, *my friend*, je faiblis. » Il s'appelait Adam Brück, ce qui veut dire « pont », au pays du houblon, du côté de la Germania. Ici, au royaume de l'ecstasy, on l'appelait le Visage pâle. Il avait échoué dans la cité avec sa mère et sa sœur parce que son paternel était mort, emportant toute leur fortune au paradis. Quelques mois plus tôt, les Brück habitaient un de ces immeubles en pierre de la rue Principale, là où l'overdose n'a pas lieu dans l'escalier. Quelques mois plus tôt, Adam ne connaissait rien ni à la vie ni à la mort, il ne prenait pas l'ascenseur avec un racketteur sortant de CM2, un dealer de cinquième B et un proxénète sur le point de passer son brevet. Quelques mois plus tôt, son père était encore vivant. Il ne s'était pas cassé dans l'Invisible, d'une seconde sur l'autre, sans même prendre le temps de répondre à la question : « Dis, papa, c'est quoi un homme ? »

— Demande à ta mère, tu vois bien que je suis occupé !
— Dis, maman, c'est quoi un homme ?
Sa mère l'avait regardé par-dessus ses lunettes, puis elle s'était remise à son ordinateur, en disant :
— Au lieu de poser des questions idiotes, va donc voir si mon gratin n'est pas en train de brûler.
Adam avait frappé chez sa sœur. Lucie maquillait ses yeux en bleu. Il s'était allongé sur son lit.
— Tu as quelque chose à me demander ?
— C'est quoi un homme ?
Elle ne l'avait pas rembarré, elle. Elle avait sauté sur le lit, elle s'était assise en tailleur, le dos tout contre le poster du « Baiser de l'Hôtel de Ville », la célèbre photo de Doisneau. Elle avait dit :
— Du point de vue de la femme ou du point de vue du singe ?
Elle avait de la repartie, Lulu, c'était le moins qu'on puisse dire. Il avait haussé les épaules, d'un geste qui signifiait : « Vas-y, balance ce que tu as à dire. »
— Parce que du point de vue du singe, vois-tu, l'homme est un animal… é-vo-lu-é…
Elle avait fixé son frère.
— Le plus évolué de la Terre, tu me suis.

— Et du point de vue de la femme ?
— Ça dépend des latitudes.

Et d'un coup de menton, elle avait pointé le livre qui bâillait sur la table de nuit : *Latifa, visage volé*. Le témoignage d'une fille de leur âge sous le règne des talibans, en Afghanistan.

— Tu as de la chance d'être une fille, avait lancé Adam en quittant sa sœur, songeur.

Et puis, ils avaient emménagé dans la cité par un jour si triste que sa mère les avait tous les deux pris dans ses bras, Lucie et lui, et elle avait dit :

— Il ne faut pas en vouloir à votre père. Il n'avait pas prévu de partir si vite.

— C'est injuste, avait dit Lucie. Ce n'est pas un appartement, c'est un garde-meubles.

L'appartement était trop petit, les meubles étaient trop grands. En tout cas, le chaos du déménagement mettait à vif la blessure causée par la disparition du père.

— Ton père était un homme bien, insista la mère en regardant Adam. J'espère que tu lui ressembleras.

— C'est quoi, un homme bien ? demanda Adam cette fois-là encore.

La question était grave, sa mère réfléchit puis elle dit :

— Un homme bien, c'est quelqu'un qui considère tout être humain à égalité avec lui-même, et qui le respecte comme il a envie qu'on le respecte. Que cet homme soit d'une race ou d'une autre, qu'il soit d'une religion différente, qu'il soit riche ou pauvre, puissant ou diminué, qu'il soit un homme ou une femme.

Donc son père était un type bien. C'est facile d'être un type bien, en temps de paix, parmi des êtres qui pensent, c'est facile tant qu'on n'est pas confronté à la peur. Son père avait-il eu peur dans sa vie ? Vraiment eu peur ? Physiquement peur ? Les tripes en vrille et le pelage hérissé par un sérum paralysant. Depuis qu'il habitait la cité, Adam avait peur. Depuis qu'il habitait la cité, il savait qu'on était en guerre. Une guerre qui ne finirait jamais parce qu'il n'y avait aucun drapeau, aucun territoire, aucune règle. On pouvait se faire tuer comme ça pour rien, simplement parce qu'on était là au mauvais moment. Comme Arsène. Arsène n'était pas mort. Il était handicapé. On lui avait sectionné la moelle épinière à coup de hache. Comme ça, pour rien. Parce qu'il se trouvait là, dans l'Abribus, et qu'il n'avait pas de feu. Parce qu'il ne fumait pas, Arsène. Qu'est-ce qu'il aurait fait le paternel, si Arsène avait été son pote ? Il aurait pris son colt, enfourché son cheval, et il aurait galopé aux trousses des pourris qui avaient fait ça. Il aurait cru au crime raciste, à la guerre de religions, à un règlement de comptes dans une affaire de drogue. Il aurait raisonné avec sa morale, ses convictions, son honneur. Comment faire autrement ?

Or dans la cité, on agressait pour le sport. Adam imagina l'interview sur Canal Consomme :
« Arsène, tu as vingt ans et tu es handicapé à vie, peux-tu expliquer devant la caméra pourquoi c'est arrivé ?
— J'attendais le bus et ils sont venus vers moi. J'ai reconnu la bande des Pulsions Violentes. Ils m'ont demandé du feu. Je n'avais pas de feu. Alors ils se sont jetés sur moi et voilà.
— Pourquoi tu n'avais pas de feu, Arsène ?
— Je ne fume pas.
— J'espère que tu as compris la leçon et que maintenant tu fumes.
— Oui, je fume.
— Peux-tu nous donner ta marque de cigarettes préférées ?
— Je fume des Nuitgrave.
— Et pourquoi ?
— Parce que pour deux paquets achetés, on a le briquet gratis. »

Adam avait connu Arsène par Tassadite. Il connaissait Tassadite depuis deux ans quand il était arrivé dans la cité. Elle était avec lui au lycée, elle était avec lui aussi au cours de théâtre : une liane aux yeux de braise avec des vagues de cheveux bruns qui coulaient jusqu'aux reins.

Ils avaient joué *Roméo et Juliette* ensemble. Il l'aimait depuis le premier jour. Il n'aurait jamais osé se déclarer s'il n'avait pas été, lui aussi comme elle, de la cité. Le jour de l'aménagement, alors que les Brück essayaient de se faire un nid parmi les caisses, quelqu'un avait frappé à la porte.

— Tassadite !

— Je suis ta voisine. Mes parents vous invitent à dîner.

Adam avait souri à 180°. L'escalier D s'était aussitôt transformé comme sous l'effet d'une baguette magique. À ce moment-là, Adam n'aurait pas voulu habiter ailleurs que dans la cité.

Aujourd'hui, le vent avait tourné. Tassadite était venue au lycée voilée et elle ne lui avait pas parlé de la journée. Qu'est-ce qui s'était passé ?

Ses frères l'ont sauvée de justesse. Elle a failli se faire violer. Elle est tombée dans un guet-apens de la bande des Pornographes, on l'a insultée, on l'a traitée de pute, de salope, on l'a traînée par les cheveux, à moitié déshabillée. « C'est à cause de toi. Ils ont dit : "Ce que tu fais à Visage pâle, tu vas nous le faire à tous." »

Adam vomit. Adam se vida. Adam fut pris de convulsions, de convulsions sèches et violentes et il roula sous la couette. Il avait mal partout. Il avait la nausée. Il se sentait sale. Il souffrait comme il n'avait jamais souffert. Il souffrait de compassion. Qu'est-ce que c'est qu'un homme ?

C'est quelqu'un qui ressent au plus profond de lui tout le mal qu'on a pu faire à celle qu'il aime.

Il resta prostré ainsi plusieurs heures. Il n'osait même plus penser à Tassadite, ni évoquer son visage, ni murmurer son nom. La phrase fatidique rebondissait dans son crâne : « Ce que tu fais à Visage pâle, tu vas nous le faire à tous. » Il ne connaîtrait plus jamais la paix. Il avait beau s'essuyer, la honte suintait de tous les pores de son corps.

Lucie le découvrit hurlant sa douleur sous la douche.

– Qu'est-ce que tu veux ?
– Mourir !
– Interdit !
– Tuer !
– Interdit !

Elle lui frotta le dos, le sécha, le consola. Et lui dit :

– Résister. Tu dois résister.

M. Le Tourneur céda son bureau et s'installa au fond de la classe. Avec le nouveau matériel, il filmait l'élève qui faisait l'exposé et, le cours d'après, la classe visionnait et commentait. Le sujet d'Adam, c'était : « L'égalité des sexes ».

Dans son introduction intitulée « Mais on est tous des hommes ? », Adam expliqua que le mot latin *hominem*, « homme », désigne l'être humain en général, et que le mot *femina*, qui a donné « femme » veut dire « qui allaite ». Toujours en latin, le mot *vir* veut dire « homme adulte », on le retrouve dans « virilité », « viril ». D'un côté, c'est dans son rôle de mère qu'on a cantonné la femme depuis des millénaires, de l'autre ce que la société attend des hommes, c'est la force et la domination. Adam passa en revue la langue française qui donne l'avantage au genre masculin depuis que le grammairien Vaugelas déclara en 1647 que la forme masculine est plus noble que la féminine. Puis il fit un chapitre sur la loi salique, instaurée au VI$^e$ siècle et qui interdisait aux femmes d'hériter des terres de leur père, ce qui servit de prétexte à la royauté pour empêcher les filles d'accéder au trône. Mais la royauté fut remise en cause. En 1789. Adam regarda son auditoire avant de lentement annoncer : « Cette année-là, pour la première fois au monde, une société posait clairement la question de l'égalité. En 1789, la Révolution française a proclamé les mêmes droits pour tous. » Il s'arrêta à nouveau et répéta : « Les mêmes droits pour tous les hommes, les mêmes droits pour les hommes et les femmes. Et c'est une femme, Olympe de Gouges, révolutionnaire et écrivain, qui rédigea cette même année la Déclaration des droits de la femme où elle réclamait l'égalité des droits et l'abolition des privilèges masculins. On est en 1789 », rappela Adam pour imprimer l'information dans le cerveau de ses camarades. « Il y a plus de deux siècles. Qu'est-ce qui s'est passé après ? D'abord, Olympe de Gouges fut guillotinée le 3 novembre 1793. Ensuite est arrivé Napoléon. Et le code Napoléon s'est empressé d'abolir cette formidable avancée des idées. En 1804, retour à la case départ : la femme n'a pas plus de droits qu'un enfant, elle est mineure pour la vie. Il faudra attendre 1945 pour que les femmes obtiennent le droit de vote (presque cent ans après les hommes !), et l'année 2000 pour qu'elles soient représentées à égalité avec les hommes dans toutes les assemblées. En 1945, on a consenti à accorder le droit de vote aux femmes, pourquoi ? 1945, c'est quoi ? La fin de la Seconde Guerre mondiale. Où l'on découvre que les femmes souffrent, meurent, se battent, résistent à égalité avec les hommes. Aujourd'hui, en 2003, dans cette classe de première du lycée Pasteur, on compte quatorze filles et dix-sept garçons. Nous faisons les mêmes études et nous passons les mêmes examens. Y a-t-il quelqu'un ici pour trouver ça anormal ? Y a-t-il quelqu'un ici pour prétendre que les filles et les garçons n'ont pas les mêmes facultés intellectuelles ? » Adam marqua un temps de silence et dévisagea l'assemblée. Personne ne bronchait, la caméra tournait. « Y a-t-il quelqu'un ici capable de dire depuis quand la mixité existe à l'école ? Depuis quand les filles ont droit au même enseignement que les gars ? Depuis quand les filles ont tout simplement droit à l'enseignement ? Les dates sont éloquentes. Droit à l'école pour les filles : 1880. Mais l'enseignement qui y est donné est différent de celui des garçons. 1924 : les deux enseignements sont unifiés. 1930 : les femmes ont accès à l'université. Mixité : 1970. C'est sans doute pour ça que les filles sont meilleures que les gars : avoir le droit d'apprendre après des siècles d'ignorance, ça rend goulu.

« Dans une société où il n'y a pas d'égalité, poursuivit Adam, il ne peut y avoir de liberté. Et qui dit liberté dit indépendance. Aujourd'hui en France, les femmes sont libres de travailler, donc libres de se marier ou pas, de divorcer, de faire des enfants ou pas. Pendant des siècles, la profession des filles, ce fut : soumises. Soumises à leur père, soumises à leur mari. Ignorance = soumission. L'émancipation intellectuelle des femmes fait peur aux hommes. Dans *L'École des femmes*, Molière met en scène Arnolphe, un homme hanté par la peur d'être trompé et qui éduque une jeune fille dans l'ignorance, Agnès, afin d'avoir une épouse comme il souhaite. »

Et Adam joua la scène :

*Votre sexe n'est là que pour la dépendance :*
*Du côté de la barbe est toute la puissance.*
*Bien qu'on soit deux moitiés de la société,*
*Ces deux moitiés pourtant n'ont point d'égalité :*

> *L'une est moitié suprême, et l'autre subalterne ;*
> *L'une en tout est soumise à l'autre qui gouverne ;*
> *Et ce que le soldat, dans son devoir instruit,*
> *Montre d'obéissance au chef qui le conduit,*
> *À son supérieur le moindre petit frère,*
> *N'approche point encor de la docilité,*
> *Et de l'obéissance, et de l'humilité,*
> *Et du profond respect, où la femme doit être*
> *Pour son mari, son chef, son seigneur et son maître.*

Adam fit une pause. Il avait récité par cœur, comme un acteur.

« *L'École des femmes*, reprit-il, fut présentée devant le roi en 1662. En 1662, soit plus d'un siècle avant la Révolution, Molière posait lui aussi la question de l'égalité des sexes. 1662-2000, c'est le temps que prennent les idées évoluées pour pénétrer toutes les couches d'une société.

"Liberté, Égalité, Fraternité", c'est la devise la plus humaine qui soit, c'est la devise de ce pays conquise de haute lutte, c'est la devise la plus fragile qui soit. De l'autre côté du portail de ce lycée, elle n'existe déjà plus. De l'autre côté, il y a la cité. C'est là que j'habite et c'est là que je tremble de peur tous les jours. Aujourd'hui, une fille s'est voilée pour venir au lycée. Avant-hier, elle et moi, on s'aimait. On s'aimait librement. On s'aimait à égalité. Avant-hier, j'aimais une fille libre. Une fille qui faisait les mêmes études que moi, dans le même lycée. Une fille qui était dans le même cours de théâtre que moi. Une fille qui rêvait de devenir comédienne et d'entrer à la Comédie-Française pour jouer Agnès dans *L'École des femmes*, la comédie de Molière. Une fille qui n'avait pas peur de se promener avec moi, de me prendre la main, de se blottir dans mes bras. Une fille fière, ni pute ni soumise. Hier, une bande de barbares pornographes ont agressé cette fille. Ils l'ont humiliée, injuriée, presque violée. Parce que je l'aime, j'ai ressenti au fond de moi tout ce qu'elle a pu ressentir. En l'honneur de mon amour pour elle, en l'honneur de la fraternité, je suis solidaire, tout ce qu'on a fait à celle que j'aime, c'est à moi qu'on l'a fait, je suis un homme bafoué, humilié, je suis un homme voilé. »

Adam sortit d'un plastique un rouleau de tissu jaune et en déchira un morceau assez grand qu'il installa sur sa tête, à la manière des femmes musulmanes. Adam avait prévu quelques ricanements, quelques réflexions graveleuses. Il n'y eut rien de tout ça. M. Le Tourneur, lui-même, n'en revenait pas. Il continuait à tourner sans rien dire. Ce voile jaune le stupéfiait.

Dans la classe, le silence était chargé.

Soudain, un garçon demanda :

– Pourquoi jaune ?

Le jaune, c'était l'idée de Lucie. C'est la couleur de l'exclusion, avait-elle expliqué.

« À Venise, au XV$^e$ siècle, la République obligea

les Juifs à porter des chapeaux jaunes puis un cercle jaune. Pendant la Seconde Guerre mondiale, les nazis obligèrent les Juifs à porter l'étoile jaune, dans toute l'Europe. Comment être solidaire, comment résister quand on n'est pas juif ? Pendant les années noires du nazisme, un homme dans toute l'Europe a résisté aux barbares. Le roi du Danemark. "Ce qu'on impose à certains de mes sujets, c'est à moi qu'on l'impose", et le roi porta l'étoile jaune, et tous les Danois la portèrent avec lui, juifs ou non.

« Si les barbares sont à la porte de ce lycée, alors que ce lycée devienne une place forte pour lutter contre la barbarie. Et qu'à l'intérieur de cette place forte, nous défendions les valeurs de notre civilisation : Liberté, Égalité, Fraternité.

« Si Tassadite, est obligée de porter le voile pour se faire respecter même à l'intérieur de ce lycée, alors moi, Adam Brück, je sors du lycée voilé. »

– Je te le défends, tu vas te faire lyncher ! cria Tassadite.

Un frisson parcourut la classe. La tension montait. Une fille s'empara du rouleau de tissu, déchira un morceau jaune et le posa sur la tête d'un garçon qui ne pouvait rien lui refuser. D'autres filles firent pareil. Puis un garçon fit la même chose avec M. Le Tourneur. Peu à peu, tous les élèves, garçons et filles, furent voilés de jaune. Alors Adam proclama : « Mais, nous sommes tous des femmes voilées. » Et toute la classe scanda avec lui :

« Nous sommes tous des femmes voilées !
Nous sommes tous des femmes voilées ! »

À ce moment-là Tassadite s'avança à côté d'Adam. Elle avait les larmes aux yeux. Elle prit les mains du garçon dans les siennes et elle murmura :
— Ôte-moi ce voile !
La caméra filma Adam en train de dénouer le voile de Tassadite et Tassadite celui d'Adam. Puis tous les élèves firent de même.

Une profonde émotion régnait dans la classe quand le principal fit son entrée.
— Qu'est-ce que c'est que ce raffut, on vous entend du bout du couloir ? Il y a des gens qui travaillent ici, c'est un lycée.

Et le regard exorbité du principal resta sur M. Le Tourneur à qui personne n'avait enlevé le voile jaune.
— Vous avez mal aux dents, monsieur Le Tourneur ?

# Sapée comme de la soupe

Susie Morgenstern

Sarah a l'impression que le réchauffement de la planète entière est limité à rien que son propre corps. Ce n'est pas seulement la sensation d'avoir été trempée dans un pot de colle liquide, les parois de son épiderme ressemblent au pare-brise sous la pluie battante sans l'aide des essuie-glaces. Les gouttes ruissellent à travers les monts et les vallées de sa chair en se recueillant et se concentrant dans les plis et les recoins. Sous les aisselles il y a des lacs de sirop d'érable, derrière les genoux des flaques de gelée de roses, sous les seins de la mayonnaise. À chaque pas, l'intérieur de la cuisse droite se frotte à la cuisse gauche ou vice versa.

Sa chemise est boutonnée jusqu'au cou et jusqu'aux poignets comme des menottes. À Dieu ne plaise de laisser la moindre parcelle de peau respirer. Sous sa chemise c'est la forêt primaire, la jungle tropicale. Les poils de l'avant-bras poussent comme sous une serre. La jupe est une tente qui tombe jusqu'aux chaussures. À Dieu ne plaise qu'on ne voie une trace de chevilles.

Sarah baisse les yeux quand un jeune homme sur le même trottoir vient vers elle puis la dépasse. Ce n'est pas mieux pour les hommes avec leurs pantalons épais, manches longues et redingotes. Mais elle apprécierait un pantalon pour empêcher la rougeur entre les cuisses.

Elle traîne sa moiteur, ses gouttelettes, sa sueur à travers les rues ensoleillées. Il doit faire 37° ce début d'après-midi et elle ne sait pas quand elle pourra prendre une douche. Des perles se forment sur son front, les cheveux qu'elle peut révéler puisqu'elle n'est pas encore mariée ne sont pas une couronne mais une croûte. Sa mère dit : « Mais tout le monde a chaud en été ! » Sauf que tout le monde dans cette ville occidentale n'est pas habillé comme une momie. Elle méprise un peu ces filles de son âge autour d'elle à moitié nues avec les poitrines plus dehors que dedans, les jambes qui vont du sud au nord sans honte, les bras qui se balancent sans voile.

Ses parents vont bientôt lui choisir un mari. Pourvu qu'il soit beau, non, pourvu qu'il soit intelligent, bon, pourvu qu'il soit beau ! Elle met sa main sur son cœur sous la masse molle qui forme son sein gauche. Elle le tâte rapidement, furtivement. Elle remue ses doigts, les déménage vers ses côtes. C'est la femme du rabbin qui lui avait raconté la raison du choix de la côte : Dieu s'est demandé de quelle partie de l'homme

Il allait créer la femme. Il dit : « Je ne la créerai pas de la tête pour qu'elle ne lève pas la tête trop fièrement ; ni de l'œil pour qu'elle ne soit pas trop curieuse ; ni de l'oreille pour qu'elle n'écoute pas derrière les portes ; ni de la bouche qu'elle ne soit pas trop bavarde ; ni du cœur qu'elle ne soit pas trop jalouse ; ni de la main qu'elle ne soit pas trop possessive, ni du pied qu'elle n'ait pas le goût d'errance ; mais d'une partie du corps qui est cachée pour qu'elle soit modeste. » Oui, lui dit-on : la modestie est le plus noble des ornements.

Sarah connaît aussi les textes du code de la Loi : « Il est écrit (Micah 6:8) : "Et marcher humblement avec ton Dieu." Ainsi il est du devoir de chaque homme d'être modeste dans tout son comportement. En mettant ou enlevant une chemise ou un sous-vêtement, il doit faire attention à ne pas exposer inutilement son corps. Il doit l'enfiler ou l'enlever en étant encore couché couvert dans son lit. Il ne doit jamais se dire : "Oh je suis seul dans ma chambre dans l'obscurité, qui pourrait me voir ?" À la gloire du Saint béni soit-Il, Il remplit l'univers et l'obscurité ou la clarté est pareille pour Lui, béni soit Son nom ; et la modestie et un sens de honte signifient l'humilité devant Lui, béni soit Son nom. »

Oui, elle sera comme la première Sarah, comme Rébecca et comme Rachel. Elle vient de loin dans le passé et elle partira loin dans le futur. Mais entre le passé et le futur, il fait très, très chaud et Sarah va se désintégrer d'un moment à l'autre.

À la maison, elle passe par la cuisine et boit un verre d'eau. Miracle ! Il n'y a personne. Dans la chambre qu'elle partage avec ses trois sœurs, elle se met à éplucher ses vêtements en les décollant de sa peau gluante. Elle a une idée folle de profiter de l'absence de la population familiale pour prendre une douche imprévue. L'eau qui coule sur son corps lui fait tellement plaisir qu'elle est certaine de commettre un péché. Elle sait qu'elle a des devoirs au sein de la famille. Elle doit aider à préparer le dîner, dresser la table, repasser les lourds vêtements de ses nombreux frères et sœurs. Une petite action faite avec modestie est mille fois plus acceptable à Dieu qu'une grande action faite avec fierté. L'eau entre-temps lui fait oublier la chaleur torride, lui chatouille le cerveau, lui caresse les fesses.

Il y a un seul miroir dans la maison qui se trouve au-dessus du lavabo de la salle de bains. C'est peut-être le diable lui-même qui pousse Sarah à monter sur le tabouret et à regarder parcelle par parcelle le terrain de son corps. Elle se baisse pour jeter un œil sur cette poitrine qu'elle enferme dans des soutiens-gorge sévères, les deux tétines roses qui lui font penser au cœur d'une fleur. Elle les essuie devant la glace avant de se concentrer sur le ventre avec son nombril profond. Le tabouret ne lui permet pas de voir le buisson ardent entre les jambes, et c'est tant mieux. La chaleur lui fait tourner la tête ; elle devient folle. Cette nudité est même trop intime pour elle. Elle est faible et désarmée. Elle pense à Adam et Ève qui découvrent leur faillibilité au moment où ils ont péché. Ils se rendent compte qu'ils sont nus et ils se sentent indignes. Adam et Ève, le premier couple. Des amoureux… Elle imagine même les mains de son futur mari qui parcourent son anatomie. À Dieu ne plaise. Pourvu que…

Le son de la porte la fait sursauter. Vite, vite, elle remet sa blouse humide et la jupe. L'un après l'autre les membres de la famille rentrent. Les frères vont étudier dans leur chambre. Les filles s'occupent à leurs tâches ménagères respectives. Leur mère chante une prière. Peut-être elle prie pour que tous ses enfants se marient et ainsi la vie continue. Pour l'instant, elle les contemple avec un sourire.

Le père rentre à son tour avec le dernier ventilateur vendu dans le pays. Encore un miracle ! Tour à tour les filles et les garçons défilent devant le ventilateur, trente secondes par client. Sarah essaie de viser ses aisselles. Myriam soulève les cheveux pour aérer sa nuque. Les garçons sont plus pudiques. Trop de modestie, n'est-ce pas aussi un péché ?

C'est bientôt shabbat. Une étrange paix tombe

sur la maison après le défilé des douches baignée du parfum qui sort des casseroles. Sarah triche en reprenant une deuxième douche. Les vêtements propres et secs sont un baume. De toute façon l'atmosphère à l'intérieur de la maison est plus fraîche que celle de l'extérieur. Ici, Sarah est en sécurité, elle n'est pas différente des autres filles de sa classe au lycée. Ici la liberté se passe autrement.

– Tu es folle ! lui dit son amie Caroline. La France est un pays libre ! Tu n'es pas obligée de t'habiller comme au XIX$^e$ siècle !

– Je suis donc libre de m'habiller comme il me plaît ?

– Oui !

– Heureusement. Mes principes font de moi une femme libre !

– Tu es folle !

– Différente n'est pas folle, ma Caroline !

– Différente, c'est chaud.

– Mais tout le monde a chaud en été ! répète Sarah d'après sa mère. Je n'ai pas plus chaud que toi. D'ailleurs c'est toi qui te plains du matin au soir !

– Tu n'a jamais entendu parler de la mode ? Tu ressembles à une vieille d'un village grec !

Sarah essaie un extrait de *Cyrano* qu'elle a appris pas cœur :

« Moi, c'est moralement que j'ai mes élégances.

Je ne m'attife pas ainsi qu'un freluquet,

Mais je suis plus soigné si je suis moins coquet ;
Je ne sortirai pas avec, par négligence,
Un affront pas très bien lavé, la conscience
Jaune encore de sommeil dans le coin de son œil,
Un honneur chiffonné, des scrupules en deuil.
Mais je marche sans rien sur moi qui ne reluise,
Empanaché d'indépendance et de franchise ; … »

– Tu parles ! lui dit Caroline.
– Je suis habillée de ma dignité. J'essaie de créer une mode !
– Je laisse tomber, dit Caroline.

Toutes les filles allument les bougies de shabbat. C'est leur privilège. À table, le père de Sarah récite la bénédiction du vin, puis du pain. À la fin du repas, on chante les remerciements à Dieu pour la nourriture. Sarah n'a jamais parlé à ses parents ou à ses frères et sœurs de ses doutes. Dieu est un mot familier, un compagnon de tous les jours et de tout moment. Pour Sarah, Dieu, Il ou Elle, est un gros paresseux. Où se cache-t-Il/t-Elle pendant les guerres et les massacres et les famines ? Ou était-Il pendant la Shoah ? Et pourquoi veut-Il qu'ils crèvent tous de chaud ?

N'empêche qu'elle adore les chants. C'est son chez-elle. Elle n'a rien contre ces bénédictions et ces remerciements. Pourquoi ne pas remercier Dieu, les fées, les farfadets, pour ce bon pain sur la table ? Dire merci, c'est reconnaître qu'on est à la merci des forces au-delà de nous. Dire merci, c'est constater qu'il y a des autres, qu'on n'est pas seul. Dire merci, c'est triompher qu'on est en vie.

Sarah aide à débarrasser la table. Le ventilateur diffuse son sirocco d'air chaud. Il restera allumé pendant tout le shabbat. Dans son lit, Sarah, découverte, rêve, comme toutes les filles de son âge et tous les gens de tout âge, à l'amour. Elle est bien dans son lit, dans sa famille, dans sa communauté, dans ce monde. Pourvu que le monde continue.

# La sœur de Pinocchio

Jean-Paul Nozière

*Dimanche, 22 juin. Deux heures du matin. Une petite route départementale entre deux villages. Une nuit épaisse, brûlante.*

C'est Pinocchio qui conduit la 206 *empruntée* au père de Milou. C'est lui aussi qui aperçoit le premier les deux filles casquées, en scooter. Plus tard, Milou expliquera aux gendarmes pourquoi on lui donne ce surnom de Pinocchio.

– Putain, ces deux-là elles sont gonflées ! s'exclame Pinocchio. Elles cherchent les histoires, personne passe sur cette route !

Milou, assis sur le siège d'à côté, rigole puis s'étrangle en buvant au goulot de sa bouteille de bière. Le liquide coule sur son menton et sur ses vêtements.

– Nous, on passe. Dis, Pinocchio, si on les chatouillait un peu ces deux gonzesses ? Pousse la caisse et double-les à fond les manettes.

Pinocchio accélère. 100 km/h en quelques secondes, ainsi que le promet le constructeur de la voiture. La 206 dépasse le scooter. Appels de phares, Klaxon, hurlements des pneus. Les filles, sous leur casque, ressemblent à des extraterrestres. Elles sortent, comme Pinocchio et Milou, d'un concert donné dans la petite ville proche, à l'occasion de la Fête de la musique.

– Putain, s'excite Pinocchio, mate comment elles sont fringuées ! Celle qui conduit a un short, non mais je rêve, et l'autre ses fesses moulées dans le jean ! Non mais t'as vu Milou ? Ses nichons à moitié à l'air ! Elles cherchent, c'est sûr !

Milou boit. Rote. Rigole.

– T'en veux une, Pinoc ?

– Une fille ? Plutôt, oui. Je me taperais bien Madonna, celle qui conduit en short.

– Non, une cannette... Mais t'as raison, planque la bagnole à droite, dans le premier chemin que tu croises. Tu les laisses passer, on leur donne du mou et après, on les chasse. On leur fout la trouille de leur vie à ces deux pétasses.

Pinocchio prend la bouteille de bière que lui tend Milou. Il conduit d'une main.

– Remarque, côté fringues, on ne s'est pas trop forcés non plus, ajoute Milou.

Ils se regardent et se tordent de rire. Ils portent des caleçons colorés. Pinocchio a mis par-dessus un T-shirt noir délabré et Milou un blouson de chasseur, à moins que ce ne soit une chemise léopard de parachutiste.

– Putain, compare pas ! s'énerve Pinocchio.

On crève de chaud dans ta caisse pourrie et on n'est pas deux nanas à poil sur une route déserte, en pleine nuit et qui cherchent!

— Elles se pointent pas vite, constate Milou. Tu crois qu'elles se sont arrêtées parce qu'elles ont l'angoisse?

— Sûrement. Elles attendent qu'on soit loin. De toute façon, il n'y a que cette route, alors elles se décideront un jour ou l'autre. Putain, on s'est fait chier à cette Fête de la musique! À part picoler des bibines…

— C'est de ta faute, accuse Milou. T'aurais dû permettre à ta frangine de venir. Sans fille, tu parles d'une fête! Si encore on avait repéré ces deux nanas plus tôt.

Pinocchio coupe le moteur de la 206. Il croise les bras sur le volant, y appuie la tête. Sa voix s'éclaircit. Elle perd le flou de l'alcool. La pâte des mots se délie.

— Putain, Milou, t'avise pas de toucher à Morgane! Ma sœur est à toi, d'accord, et tu la maries dans un an ou deux, mais avant t'as pas intérêt à faire le con avec elle!

— T'énerve pas, Pinocchio. Jamais je le ferais avec Morgane, je l'aime trop. Si quelqu'un la touche, je le tue. Je disais ça parce qu'elle doit être furax de pas avoir le droit de sortir le jour de la Fête de la musique.

Le regard de Pinocchio se trouble.

— Le bac a pas marché alors elle bosse le

rattrapage de l'oral pour juillet. Morgane, elle a pas le temps de traîner. Elle sait que je la surveille…

Il se tait. Happe la peau de son bras entre ses lèvres, aspire. Quand il relâche la succion, il y a une marque rouge. Il reprend, avec un ton admiratif.

– Ma frangine, elle est pas comme nous, c'est une intello. Elle ira loin, Milou, très loin. Pas comme nous.

Milou jette la bouteille de bière par la vitre ouverte. Il en décapsule une nouvelle et ricane.

– Parle pour toi, Pinoc ! Tu bosses dans ton usine de plastique à te crever pour que dalle ! Moi, l'année prochaine, j'entre dans l'armée. Je deviens GI, je marie Morgane et j'irai loin… En Afrique, en Irak, partout dans le monde où on dégomme des types. On reçoit un beau paquet de fric pour ça d'après mes renseignements.

Du silence.

Milou et Pinocchio méditent leur destin respectif. Puis Milou tapote l'épaule de Pinocchio.

– T'as raison, Pinoc, on lui doit le respect à Morgane, pas comme à Madonna et Jennifer, les fesses à l'air sur un scooter à deux heures du mat.

Pinocchio relève la tête. Il est en colère.

– Putain, un scooter ! T'en as un de scoot, toi Milou ? Et moi, j'en ai un ? Morgane, elle a même pas un vélo ! Elle met que des fringues pourries pendant que ces deux pétasses sont bourrées de thunes. C'est pas juste, Milou !

Ils entendent le bruit d'un moteur. Une flaque de lumière glisse devant eux, sur la départementale.

— Jennifer et Madonna ! s'exclame Milou. Démarre, Pinocchio !

Pinocchio tourne la clé de contact et allume les phares. La 206 rampe dans le chemin de terre et rejoint la départementale par un virage brutal, à quatre-vingt-dix degrés, pris en pleine accélération. Les pneus patinent. Des cailloux et de la terre giclent.

— Ouais, Pinoc ! applaudit Milou. Schumacher peut se rhabiller à côté de toi qu'as même pas le permis !

Le scooter roule vite. La 206 le rattrape et reste cent mètres en arrière. Milou met la radio. Le volume à fond. Une chanson de Johnny Hallyday. La forêt déroule son ombre de chaque côté de la route. Le prochain village est à huit kilomètres. Pinocchio klaxonne. Sans arrêt. Fait des appels de phares. Sans arrêt. Les occupants de la Peugeot se relaient pour hurler en alternance : « Hé, Madonna, Jennifer, attendez-nous ! »

La nuit mêle leurs appels aux cris du Klaxon et de Johnny. Le cocktail de terreur se déverse devant la 206, puis roule en torrent jusqu'aux filles.

Elles accélèrent.

Pinocchio frappe son volant du plat de la main. Il braille :

— Waouh ! Regarde, Milou, comment Jennifer accroche ses grosses fesses à Madonna !

Il tend sa tête par la vitre ouverte :

— Tu t'envoleras pas, Jennifer, t'es lestée de plomb ! T'as pas envie de montrer tes trésors au gentil Pinocchio ?

Le scooter accélère encore. Les rugissements des moteurs et les cris réveillent la forêt. Des geais ou des busards dérangés passent d'un arbre à un autre.

— Suis-les de loin, Pinocchio, conseille Milou, elles auront davantage la trouille. Et éteins tes phares, la lumière du scoote suffira. Je te jure que comme ça on leur fout les boules.

Le scooter zigzague au milieu de la route étroite. La fille assise à l'arrière, celle qu'ils appellent Jennifer, mouline de grands gestes du bras gauche. Des gestes de panique. Son bras droit enlace la taille de la conductrice. La 206 se rapproche, puis laisse le scooter s'échapper, comme si la voiture fantôme abandonnait le harcèlement. Mais elle n'abandonne pas.

— C'est nous que vous cherchez, hein ? hurle Pinocchio. Deux super mecs comme nous ?

Milou tend son bras par la vitre.

— La mienne, elle est aussi grosse que ça ! Ça te dirait, Madonna ?

## la sœur de Pinocchio

Il éclate de rire. Pinocchio aussi. Faudel remplace Johnny Hallyday et chante *Omri*.

– Putain, bute-le c't'Arabe, je peux pas le pifer ! s'emporte Pinocchio.

Milou éteint la radio. Le silence remplit l'espace. Le bruit des moteurs n'est pas du bruit après tous ces cris.

La 206 s'approche à une centaine de mètres du scooter. Pinocchio et Milou se taisent. Ils n'utilisent pas le Klaxon. La voiture roule au milieu de la route afin de se mettre dans la trace lumineuse du scooter. Les deux véhicules se suivent ainsi sur un kilomètre.

– Putain, mais je rêve ou quoi ? s'écrie soudain Pinocchio. Vise Jennifer, Milou ! Je crois que cette pétasse a relevé la visière du casque et qu'elle téléphone.

– Elle a un portable, t'as raison, Pinoc ! Elle appelle les flics ! Faut se tirer !

La 206 ralentit assez pour que les filles récupèrent de l'espoir.

– Tu parles de putes ! dit Pinocchio, dépité. Elles se baladent à moitié nues en pleine nuit, juste pour nous exciter, et après elles appellent les flics !

– Ouais, t'as raison, Pinoc. On a le temps de leur donner une leçon avant l'arrivée des flics. Tu bombardes, tu doubles, une queue de poisson les envoie dinguer dans le fossé. Le cul dans la rosée du matin les rafraîchira.

— Et si j'esquinte la caisse de ton père ? remarque Pinocchio.

— On s'en tape. De toute façon, il a pas intérêt à la ramener. On ne va pas laisser ces deux gonzesses se foutre de nous. Après, on ira se jeter des cannettes chez toi, j'en profiterai pour embrasser ta sœur puisque tes vieux sont absents.

— Te fais pas d'illusion, Milou, tu touches pas à Morgane, ni cette nuit ni une autre.

— Tu me prends pour qui, Pinoc ? Elle est sacrée Morgane, c'est ma fiancée. Je te l'ai déjà dit, alors à la fin tu me vexes.

Pinocchio appuie sur l'accélérateur. La 206 bondit.

— Vas-y mollo quand même, Pinocchio, avec toute la bière j'ai envie de gerber et j'aimerais mieux pas dans la bagnole.

Soudain, la route pique du nez. La pente, forte, mène à un village éloigné d'environ huit cents mètres. Le scooter prend de la vitesse. Pinocchio allume ses phares et accélère.

— Bingo ! hurle Milou.

Il remet la radio. Un inconnu chante en anglais.

— À fond la caisse ! a encore le temps de hurler Milou, avant que le scooter, lancé dans sa fuite, ne manque un virage, se déporte, traverse la route et s'écrase contre un arbre.

\*

*Dimanche 22 juin, huit heures du matin. Gendarmerie de Sponge. Le bureau de l'adjudant Célaron, commandant de la brigade. Il est assisté du brigadier Ledoit.*

— Je vous relis le contenu du rapport rédigé par le brigadier, rapport que vous signerez. « Antoine Marge, 18 ans, conducteur du véhicule 206 Peugeot immatriculé 1275 BZ 21, au cours de la nuit du 21 au 22 juin, et son passager, Michel Palu, 17 ans… »

Pinocchio et Milou, avachis sur leur chaise, se poussent du coude.

— Écrivez plutôt Pinocchio et Milou, ce serait mieux, dit Milou.

L'adjudant soupire. Il dévisage son adjoint d'un air las. Dit :

— Au fait, pourquoi Pinocchio ?

Milou éclate d'un rire rocailleux qui s'achève en toux. Il hoquette la réponse.

— Parce que mon copain, il ressemble à Pinocchio, mais lui, c'est pas son nez qui s'allonge, c'est sa bite.

Le brigadier Ledoit frappe le bureau d'un violent coup de poing. Il crie.

— Ça suffit ! Je vous rappelle que Lucie, la conductrice du scooter, est morte dans l'accident que votre bêtise a provoqué ! Vous avez de la chance que son amie Camille s'en soit tirée indemne !

Il se lève. Contourne le bureau. Siffle entre ses dents : « Sinistres crétins ! »

— Elle ment, Camille ! On n'a rien provoqué du tout, on suivait ces gonzesses, c'est tout, sans faire quoi que ce soit de mal. Si elles ne voulaient pas avoir d'ennuis, elles n'avaient qu'à rester chez elles.

— Oui, je sais, bouclées à la maison comme ta sœur Morgane, tu nous l'as déjà dit, murmure l'adjudant Célaron d'une voix grise.

Ses paupières battent. Il fixe obstinément l'écran de l'ordinateur.

— Conduite en état d'ivresse, absence de permis de conduire, non-assistance à personne en danger, délit de fuite, énumère le brigadier.

Célaron lève une main. Ledoit se tait.

— Ce cirque va durer encore longtemps ? s'énerve Pinocchio. On est dans ce bureau depuis quatre heures, on répète sans arrêt les mêmes choses. On est crevés. Moi, demain, je bosse à l'usine à cinq heures du mat, pas vous.

— Ouais ! opine Milou.

Un silence. Les deux gendarmes se consultent du regard. Le désespoir emplit leurs yeux. Le brigadier hausse les épaules. L'adjudant applique ses mains sur son visage épuisé. Il donne l'impression de ne jamais vouloir les retirer. Personne ne remarque qu'il écrase deux larmes venues à l'improviste.

Milou bouge les pieds. Lui aussi hausse les épaules. Murmure :

— Bon, admettons qu'on ait fait une connerie en suivant ces deux filles, mais qu'est-ce qu'on y peut si elles se sont écrasées contre un arbre ? Rien du tout. Nous, on cherchait à rigoler la nuit de la Fête de la musique et si Madonna ne savait pas conduire, pourquoi elle sortait en scooter ?

L'adjudant Célaron se lève. Il s'adresse au brigadier.

— On arrête là.

Il se tourne vers Milou et Pinocchio.

— J'espère que la justice vous collera des années de prison. Le plus possible. Mais la prison sera une punition légère à côté du reste. Pour vous, l'addition sera lourde. Très lourde.

Pinocchio fronce les sourcils.

— Pourquoi vous dites ça ?

L'adjudant s'avance vers les chaises. Il se campe devant Pinocchio et Milou et les fixe. Pinocchio baisse la tête.

— Regarde-moi, nom de Dieu ! crie l'adjudant.

Il attend. Aussi longtemps que nécessaire. Enfin, il parle.

— Lucie voulait s'amuser aussi, cette nuit de la Fête de la musique. Elle s'est rendue chez son amie Camille qui a un scooter. Camille lui a prêté des habits, ce fameux short dont vous parliez, des habits pratiques pour se balader en scooter, surtout par ce temps de canicule…

— Ouais, mon œil ! coupe Milou.

— Ma sœur, elle a une copine qui s'appelle Camille, remarque Pinocchio, sans raison.

L'adjudant Célaron se dirige vers la porte du bureau. Il l'ouvre. Se retourne.

— On vous conduira dans la matinée à la morgue de l'hôpital où repose le corps de Lucie. Que vous voyiez bien à quoi Lucie ressemblait sous son casque.

— Eh, faut pas exagérer ! proteste Milou. Vous n'avez pas le droit de nous obliger à ça.

— Si, je l'ai, et si je ne l'ai pas, je le prends, dit l'adjudant. Lucie… pour vous faire parler plus facilement, j'ai inventé ce nom. Elle était lasse de travailler son examen, d'être à la maison, et même si elle savait que son frère la frapperait s'il la rencontrait au concert, elle a pris le risque de sortir avec sa copine Camille. Lucie, sous son casque intégral, elle s'appelle Morgane Marge. Pinocchio et Milou, ça vous rappelle quelqu'un, Morgane Marge ?

# Faire l'amour

Mikaël Ollivier

Nous deux nous tenant par la main
Nous nous croyons partout chez nous
Sous l'arbre doux sous le ciel noir
Sous tous les toits au coin du feu
Dans la rue vide en plein soleil
Dans les yeux vagues de la foule
Auprès des sages et des fous
Parmi les enfants et les grands
L'amour n'a rien de mystérieux
Nous sommes l'évidence même
Les amoureux se croient chez nous.

*Nous Deux*
Paul Éluard

Pour ses seize ans, Tommy a reçu un chèque de quatre-vingts euros de la part de son grand-père paternel, une chemise qui gratte de sa grand-mère maternelle, un T-shirt X-MEN offert par sa petite sœur Camille et une PS 1 d'occasion de la part de ses parents. En plus, il a soufflé les bougies de son gâteau préféré : le moka au chocolat.

Mais pour son anniversaire, ce que voudrait vraiment Tommy, c'est Leïla.

*

Elle est arrivée deux mois plus tôt, en plein deuxième trimestre.

Girard, le principal, avait interrompu le cours de maths pour dire : « Je vous présente Leïla, qui nous vient de Marseille. Je compte sur vous pour bien l'accueillir. »

Aussitôt, Tommy et Karim avaient échangé un regard complice. Ils savaient, eux, comment « bien » accueillir une nouvelle. Et cette petite brune de dix-sept ans, un peu ronde et avec des yeux très noirs, n'allait pas leur résister longtemps.

Karim et Tommy partageaient tout, comme des frères de sang. Ils partageaient les filles, aussi. Pas ensemble, mais l'un après l'autre. Ensemble, Tommy ne voulait pas. Question de pudeur. Ils partageaient tout, et pourtant, Tommy avait gardé pour lui le drôle de frisson qu'il avait ressenti quand il avait croisé pour la première fois le regard de Leïla. Un regard étonnant, noir mais brûlant. « Noir comme le feu », avait-il pensé ce soir-là dans son lit.

Deux mois, et Tommy n'avait toujours pas eu Leïla. Karim, lui, avait préféré laisser tomber en classant la jeune fille dans la catégorie « gouine-frigide ». Mais Tommy n'arrivait pas à se résigner. Plus le temps passait, et plus il la voulait. Au point que ça lui fichait la trouille. Au point de redouter les mercredis et les dimanches.

« Tout ça pour un steak alors que le bahut est un vrai supermarché ! » comme lui disait Karim.

*

Pourtant, les filles, il connaissait.

À seize ans, avec ses cheveux blonds et ses yeux couleur d'océan, il en avait déjà eu huit.

Pas tout à fait huit, d'ailleurs, puisque la

première, Emma, n'avait fait que le sucer. C'était la petite amie du moment de Karim qui lui avait demandé ça comme une faveur, un service à rendre à son pote qui risquait de mourir idiot s'il se faisait renverser par une voiture. Emma n'avait pas voulu, au début, mais Karim lui avait dit de ne pas faire sa bourgeoise. Tommy avait alors quatorze ans, et il n'avait pas osé dire à Karim qu'il n'en avait pas très envie non plus.

La deuxième, il n'arrivait plus à se souvenir de son prénom. Juste qu'elle était rousse et qu'il avait à peine eu le temps de la pénétrer qu'il avait joui dans sa capote. Mais au moins, après ça, il avait pu dire sans mentir qu'il « l'avait fait », et se sentir enfin un homme.

Ensuite, l'été de ses quinze ans, Tommy avait rencontré Marie, la fille des voisins de palier de la location de Royan. Ils avaient couché ensemble presque tous les jours et il avait fait semblant d'être triste à la fin des vacances. En septembre, Marie lui avait envoyé une lettre à laquelle il n'avait pas répondu.

Samira, durant l'année scolaire suivante, avait établi un record : ils étaient restés ensemble six mois. Tommy aurait bien poursuivi cette relation plus longtemps, mais Karim commençait à sérieusement le vanner et à lui demander : « À quand le mariage ? »

De Camille, Juliette et Tania, rien n'est à dire. Tommy avait couché avec elles parce qu'il fallait bien coucher, mais en vérité, il s'en serait volontiers passé. À cette époque, et même s'il ne se l'avouait pas, Tommy prenait plus de plaisir en se masturbant qu'avec des filles.

C'était une autre histoire avec Laura. Elle aimait le sexe, et avait appris à Tommy à l'aimer à son tour. Pas de chichis, pas de déclarations bidon, pas de main à tenir dans la rue ni de baisers à échanger au cinéma. Direct au lit, dans la bonne humeur, jamais deux fois de la même façon. Karim l'avait baptisée « Supersalope », et avec elle, Tommy se l'était souvent joué acteur de film porno.

Et puis Leïla était arrivée…

\*

Faire l'amour.

Tommy n'avait jamais supporté cette expression. Il lui préférait de loin baiser ou niquer. « Faire l'amour », ça sonnait vieux, papi mamie, film pour filles… Alors il n'avait pas aimé du tout quand Leïla lui avait lancé, le sourire aux yeux :

– Si tu veux faire l'amour avec moi, Thomas, il va falloir apprendre les bonnes manières.

Elle est bizarre, des fois, Leïla, s'était dit Tommy, parce que cette phrase, elle disait pas vraiment non ! À sa manière, elle disait « peut-être ». Elle disait oui, si…

Si quoi ?

Un jour, en riant, le père de Tommy avait dit qu'il avait dû attendre huit mois avant de faire l'amour pour la première fois avec celle qui allait devenir sa femme. Est-ce que c'était ça, le *si* ? Attendre ? Payer le ciné, se tenir par la main, s'embrasser sur les bancs, se regarder dans les yeux avec des airs idiots ? Tous ces trucs que Karim et lui trouvaient tellement débiles ?

Ses parents étaient mariés depuis vingt-deux ans, et dans la rue, ils se tenaient encore la main. Quand ils faisaient ça, Tommy avait la honte, comme lorsque devant tout le monde ils s'appelaient « mon chéri » ou « mon cœur ». Le garçon se demandait alors s'ils couchaient encore ensemble, à leur âge. Et rien que l'idée lui donnait des boutons.

Pour ne pas perdre la face devant les copines de Leïla quand elle lui avait dit qu'il allait devoir « apprendre les bonnes manières », Tommy avait répété sa question, mais en ajoutant ironiquement une formule de politesse à la fin :

– On baise ? *S'il te plaît…*

Pour toute réponse, la jeune fille avait dressé le majeur de sa main droite.

\*

Pourtant, le samedi suivant, à la fin des cours, alors que, l'air de rien, il traînait un peu autour du groupe des filles, Leïla avait proposé à Tommy de venir avec elles au cinéma.

Pour Karim, ça signifiait que c'était dans la poche, et il lui avait dit de « la péter bien à fond » pour lui. Tommy avait promis en riant, mais au ciné le soir même, il faisait beaucoup moins le fier, seul garçon au milieu de six filles. Il ne s'était décidé qu'à dix minutes de la fin du film, mais Leïla l'avait giflé quand il lui avait mis la main au sein.

Il n'en avait pas dormi de la nuit, et le dimanche matin, à neuf heures, il avait composé le numéro du portable de Leïla juste pour entendre le son de sa voix sur l'annonce de son répondeur.

Sauf qu'elle avait décroché :
– Thomas ?
– Leïla ? Heu… Je me suis trompé de numéro, je…
– Pourquoi tu me dis pas plutôt la vérité : que tu voulais me parler… que je te manque ?
– Mais…
– Mais quoi ?
– Je…
– Je pensais à toi, justement.
– Tu pensais à moi ? s'était étonné Tommy.
– Oui. C'est interdit ?
– Non, c'est…
– On va jouer longtemps à ce petit jeu ?
– Quel jeu ?

— Tu ne penses pas que ça serait plus simple si tu me disais que je te plais ?

— Tu le sais bien…

— Ouais, mais je veux te l'entendre dire.

Tommy avait soupiré mais avait quand même bafouillé :

— J'te trouve… Enfin j'te trouve bonne, quoi !

— Non. Ce sont les pommes qui sont bonnes, ou les glaces. Moi, je suis jolie.

— Fais pas chier ! Tu deviens lourde, là.

— Alors raccroche !

— Fais gaffe, Leïla. Les filles, j'en baise autant que je veux !

— Ça tombe bien, parce que moi, personne me baise.

— C'est vrai, j'oubliais : toi, on te *fait l'amour*, avait ironisé Tommy.

— Même pas. On fait l'amour *avec* moi. Ça se fait à deux, ou pas du tout.

Et elle avait raccroché, ne laissant pas le temps à Tommy de lui énumérer la liste des filles qui n'attendaient que ça.

Sauf que c'était elle qu'il voulait. À en perdre le sommeil, à ne plus avoir d'appétit, à ne plus supporter Karim, à ne plus avoir envie des autres filles, même celles qui étaient d'accord. Surtout celles qui le trouvaient craquant avec sa petite gueule d'ange.

À ne plus se reconnaître : à seize heures le même dimanche, il lui avait envoyé un texto :

## ON PEUT SE VOIR ?
## AU SQUARE DANS
## 1 HEURE ? TOMI

Puis il avait appelé Karim pour lui dire que, finalement, il ne pouvait pas le retrouver comme prévu parce que sa grand-mère était malade.

*

Sans bien savoir pourquoi, Tommy n'avait jamais aimé les dimanches. Il trouvait d'ailleurs que la vie était mal faite puisqu'il ne s'ennuyait jamais autant que ce jour qui était le seul durant lequel il était vraiment libre de faire ce qu'il voulait. Il n'y faisait rien, en fait. Les parents à la maison, la ville trop calme le matin, les programmes nuls à la télé, les promeneurs l'après-midi, l'idée du bahut le lendemain… Tommy se sentait perdu, le dimanche, et il s'y traînait toujours avec la drôle de sensation d'une vie épouvantablement ordinaire dont il n'arrivait pas à saisir le sens. Une vie comme nue, dont les hommes, livrés à eux-mêmes, ne savaient que faire.

Au square, c'était pire encore : les familles au complet, les enfants qui courent, les bébés qui pleurent, les chiens qui pissent, les adultes qui digèrent… Sauf que cette fois-ci, Tommy attendait Leïla, que son cœur battait étonnamment

faire l'amour

vite, et que pour rien au monde il n'aurait voulu être un autre jour et ailleurs.

Elle finit par arriver, et Tommy fut saisi d'un long frisson. Il se faisait l'impression d'être malade de Leïla.

– Tu voulais me parler ? lui demanda sèchement la jeune fille.

Ça commençait très mal. Pourtant, Tommy vit dans les yeux noirs de Leïla qu'elle n'était pas vraiment fâchée. Elle jouait à l'être, sans quoi elle ne serait pas venue, tout simplement.

– Je voulais surtout te voir. J'ai pensé à toi toute la journée.

Leïla se détendit aussitôt. Tommy trouvait sa phrase ridicule, mais en même temps très sincère. Il n'avait pas cessé de penser à elle. Tellement qu'il en avait eu mal au ventre, que l'envie de la voir, le manque, lui avaient creusé la chair.

– On marche un peu ? demanda la jeune fille. Je déteste ce square. Surtout le dimanche. De toute façon, j'ai horreur des dimanches.

– Ah bon ? Moi aussi !

Et ils sortirent du square en discutant de tout et de rien, ravis de se trouver des goûts communs, des haines partagées, des impressions qui, à deux, étaient plus faciles à comprendre.

Le soir commençait à tomber, les ombres à s'allonger et la lumière à se dorer insensiblement. Tommy se sentait bien, et son cœur fit un bond dans sa poitrine quand la main de Leïla s'empara de la sienne.

Ils se turent et continuèrent leur promenade. Tommy était à la fois embarrassé et bouleversé. Le contact de la main de Leïla lui procurait plus de sensations que tout ce qu'il avait pu faire par le passé avec des filles. Et le monde autour de lui en était illuminé.

C'est alors qu'il vit Karim, assis seul sous un Abribus. Il détourna aussitôt la tête mais leurs regards s'étaient croisés un dixième de seconde suffisant pour que chacun sache que l'autre l'avait vu.

Leïla aussi devait avoir vu Karim car elle renforça la pression de sa main sur celle de Tommy.

\*

Tant pis pour Karim s'il ne voulait pas comprendre. Il pouvait continuer à le vanner ou à le considérer comme un traître, désormais, Tommy préférait boire un verre avec Leïla, être l'ami de ses amies, aller au ciné, au fast-food, plutôt que rien. Rien, il ne supportait plus. C'était comme une drogue : il avait besoin de sa dose de Leïla tous les jours. Besoin de sa main dans la sienne, de sa voix, de son odeur. Même, il préférait tout cela à l'idée de coucher avec elle.

Le matin, il était maintenant impatient d'aller

au collège, et le soir, il se couchait tôt pour être plus vite réveillé. Alors qu'avant il le faisait plusieurs fois par jour, Tommy ne pensait même plus à se masturber.

Bien qu'il refuse toujours de laisser le mot franchir le seuil de ses pensées, Tommy savait qu'il était amoureux.

Une semaine après leur première promenade main dans la main, ils s'embrassèrent pour la première fois. Le contact des lèvres de Leïla fut comme un choc électrique. Tommy, de peur d'effaroucher la jeune fille dont il avait appris à redouter le caractère entier, n'osa pas aller plus loin, et c'est elle qui, la première, aventura sa langue entre les lèvres du garçon. Elle était douce et fraîche, et si Tommy avait toujours été un peu dégoûté par celles des autres filles qu'il avait eues, il trouva la langue de Leïla d'une saveur enivrante.

Au square, assis sur un banc, ils passèrent le dimanche à s'embrasser, à des années-lumière, bien qu'au cœur de la vie qui s'agitait autour d'eux.

Ils mirent trois bons quarts d'heure à se séparer en bas de l'immeuble de Leïla et eurent un profond sentiment de déchirement quand ils parvinrent enfin à dessouder leurs bouches et leurs mains. Ils se dirent « À demain », et cela sonna tellement comme un adieu que Tommy

s'entendit murmurer les mots qu'il s'était promis de ne jamais dire :
— Je t'aime.

Samira, la meilleure amie de Leïla, fêta ses seize ans un mois pile après ceux de Tommy. C'était un samedi soir, dans le petit pavillon que ses parents lui avaient laissé pour la nuit.
À vingt-trois heures trente, Leïla se mit sur la pointe des pieds pour parler à Tommy. Il sentit un frisson lui parcourir le dos quand la voix de la jeune fille lui glissa à l'oreille :
— Moi aussi je t'aime, Thomas. Et j'ai envie de toi…

Quand ils empruntèrent l'escalier qui menait à l'étage, Tommy ne répondit pas au geste obscène et complice que Karim lui adressa.

*

La chambre dans laquelle ils venaient d'entrer était celle des parents de Samira. La lumière orangée d'un lampadaire de la rue révélait une tapisserie à fleurs, des photos de famille au mur, un tableau représentant des chevaux dans un pré, un réveil sur une table de chevet, un lit à montants de bois dont la hauteur impressionna beaucoup Tommy.
— Viens ! chuchota Leïla en prenant sa main.

Elle l'attira vers le lit et le poussa en arrière. Le garçon tomba à plat dos, et Leïla s'assit à califourchon sur son bassin. Son regard était en feu et, avec des gestes un peu brusques, elle enleva le T-shirt de Tommy. Elle le regarda un moment puis posa doucement ses mains à plat sur son buste. Il en eut le souffle coupé, et Leïla lui sourit dans la pénombre.

Tout se précipita ensuite. Leurs bouches se soudèrent, et leurs mains se mirent à parcourir leurs corps. Ils se retrouvèrent nus, et Tommy se tourna pour sortir un préservatif de la poche arrière de son jean jeté au sol.

Il ne parvint pas à l'enfiler, trop ému, trop aimant. Plus il se concentrait et moins il arrivait à bander. Après un moment d'exaspération, il sentit le désespoir monter mais Leïla lui dit doucement :

– Moi aussi j'ai peur…

Ils passèrent le reste de la nuit l'un contre l'autre, à s'embrasser, à se caresser, à s'apprendre. À s'aimer de façons dont ils ignoraient jusque-là l'existence, qui n'étaient dans aucun manuel, dans aucun film porno, qui n'appartenaient qu'à eux et qu'ils inventèrent ensemble.

\*

Ils se retrouvèrent le dimanche soir chez Leïla dont les parents ne revenaient que vers minuit.

Quand Tommy, la peur au ventre, sortit un nouveau préservatif, la jeune fille lui dit de la laisser faire. Il eut un mouvement de refus mais elle lui prit la capote d'une main et son sexe d'une autre. Sa paume était chaude et, retenant son souffle, Tommy sentit ses moyens lui revenir. Leïla entreprit de dérouler le préservatif sur sa verge, s'y reprit en vain à trois fois, éclata de rire et laissa finalement faire le garçon.

Tommy jouit en quelques secondes seulement mais quand, frustré et furieux contre lui-même, il fit mine de se retirer, Leïla le retint entre ses jambes. Elle se mit à lui embrasser le visage, les yeux, le cou. Elle lui mordilla le lobe de l'oreille puis, le sentant se raidir à nouveau, le fit basculer sur le côté. Tommy, sur le dos, se trouva tout au fond de Leïla et laissa échapper un soupir de plénitude.

– Embrasse-moi, lui ordonna son amante.

Ils s'aimèrent ainsi longuement, lentement, tendrement, se couvrant mutuellement de baisers et de caresses, de murmures, de râles et de soupirs.

Cette fois, ils vinrent ensemble, et Tommy découvrit l'inépuisable richesse sensitive de son corps quand il ne faisait plus qu'un avec son cœur. Il en aurait pleuré tellement c'était bon, tellement, soudain, il se sentait lui-même. Enfin chez lui dans sa vie.

Pour la première fois, il venait de faire l'amour.

# Mi-ange mi-démon

Thomas Scotto

*« I can resist everything, except temptation. »*
O. Wilde

Démone.

C'est son nom de t'chat.

Pourquoi celui-ci plutôt qu'un autre, elle ne sait pas. C'est venu si naturellement.

Il y a encore deux jours, au self, Julien lui avait répété pour la centième fois que, cas sociologique, elle n'avait vraiment pas de caractère.

– Moi je dis ça, c'est pour toi. Tu vas te faire bouffer si tu souris trop.

Pas de caractère.

C'était rapidement devenu un jeu, depuis le premier jour en seconde B où lui débordait d'énergie quand elle se savait déjà taciturne. En vérité, elle ne s'offusque plus aujourd'hui. Rougit peut-être encore un peu derrière la mèche brune et trop grande qui cache son œil droit et alourdit sa tête jusqu'à la faire pencher dangereusement.

Depuis qu'elle est toute petite, son visage semble s'excuser perpétuellement. Pour la discrétion elle n'y peut rien. Sa mère est ainsi, sa grand-mère l'était aussi. Toute une lignée au tempérament « tchèque ». Un « désolé » enraciné dans son arbre généalogique.

Alors *Démone*, ça sonne comme le taureau qui entre dans l'arène pour encorner le toréador, comme le piment rouge dans un plat du Sud, comme une ombre qui passe quand tout semble paisible, un goût de sang qui ne lui déplaît pas, un mot louvoyant comme un danger qu'elle n'est pas.

Un pied de nez.

À peine rentrée du lycée, Lucie branche son ordinateur. Ôte son manteau. Regarde l'horloge du salon. Deux bonnes heures avant que sa mère ne revienne du boulot. À l'hôpital, ils gardent souvent plus longtemps les infirmières divorcées. Moins du reste que les célibataires sans enfant qui sont les reines de la garde anarchique et prolongée mais, sait-on jamais, on peut correctement tabler sur un accouchement de dernière minute ou une bonne déshydratation de fin d'après-midi torride.

Une autre fois, Lucie lui en aurait encore voulu de n'être jamais là pour son retour, de la laisser manger seule le soir, d'être en retard pour tout et toujours, de ne pas avoir le temps de connaître sa vie au lycée.

Pourtant ce soir, Lucie embrasserait presque sa mère de manquer à l'appel du goûter.

Elle se sert un Coca vanille et, fébrilement, fait jouer la souris optique pour réveiller l'écran qui s'est mis en veille d'étoiles filantes, automatiquement. La page d'accueil s'affiche et, en un tour de clic, elle se connecte au serveur des moins de dix-huit ans. Après deux jours de t'chat intensif, ce serait prétentieux de conclure qu'elle est une experte mais tout de même, cette légère appréhension qui frissonne ses articulations, sa jambe qui bat son rythme frénétique, ça doit bien vouloir dire quelque chose.

C'est à nouveau Julien qui avait proposé aux vacances de Noël, insisté aux vacances de février avant de revenir à la charge à celles de Pâques :

— Le t'chat, tu ne peux plus y couper. Monde moderne, Lucie, monde moderne ! Allez, vas-y, ce sera cool de se dire des trucs de loin.

— Mais on se voit toute la journée !

— Rien à voir, c'est une formation que je te propose. Gratuite en plus !

Bingo.

Le plus difficile n'avait même pas été de mettre en route le dialogue. Sur les trois cent vingt et un connectés ce soir-là, chacun des pseudonymes était autant de fenêtres ouvertes. Celui de Julien – Chet.B – était un vibrant hommage à son musicien fétiche du moment.

— Y a pas à dire, *Funny Valentine*, ça sonne mieux que *Niquetamère* !

Julien n'avait pas caché à Lucie que le t'chat

était une terre de sauvages assoiffés de sexe, tout juste, et d'apartés vite consommés.

— Je sais déjà tout ça et, désolée, je ne vois pas l'intérêt.

— L'intérêt, c'est nous, justement ! Un peu de poésie derrière le clavier, ça risque d'étonner. Qu'est-ce que tu choisis comme nom, que je te retrouve facile ?

Lucie ne lui avait pas donné.

— Surprise ! Je te trouverai la première.

Avant même de dénicher Chet, Lucie avait été assaillie de trois messages, pas moins. *Démone* est un pseudo de début de liste, avait-elle pensé. Ceci explique cela.

```
— Salut ASV? Un plan Cam? • Vincent 16a.
— Allume-moi! Mé moi l'feu! J'veux du
cho! • Néo 74.
— Ok pour scénar? J'ai 30 ans, je suis jury à
la Star Academy et je te fais passer
un casting pour la prochaine sélection. Tu
danses sur It's Raining Men en débardeur
et petit short moulant. Il n'y a que nous dans
la salle... à toi la suite. • The boss.
```

Seulement, ce premier soir, entre les abréviations, les salaces et les vieux pervers, Lucie n'avait rien voulu d'autre que les mots de Julien.

```
— Je vais te tuer, je te jure que je te
tue demain! • Démone.
```

— C'est toi Lucie? • Chet B.

— Qu'est-ce qu'ils croient tous? Que je suis à poil derrière mon ordinateur? • Démone.

— Allez, c'est du jeu… • Chet B.

— Vraiment nul. • Démone.

— Te braque pas. Essaie encore. Tlm n'est pas kom ça • Chet B.

— Je ne comprends rien à ce que tu écris en plus! • Démone.

Lucie avait soufflé.

Sa messagerie clignotant encore, elle imagina ce que pouvait donner un embouteillage d'appels, un amoncellement de noms inventés chacun le nez écrasé derrière son écran ! Y avait-il seulement quelqu'un pour y faire la circulation ? Elle en choisit un au hasard, toute-puissante.

— bjr. Koi de 9? • Sandro Ajaccio.

— Bonjour, il y a beaucoup de monde là-dedans. • Démone.

— C klair! 18 ans é toi? • Sandro Ajaccio.

— 16. • Démone.

— Koman tu é? Dkri toi • Sandro Ajaccio.

— C'est très important? • Démone.

— + facile pr imaginer et dial avec toi. • Sandro Ajaccio.

— 1m69, les yeux et cheveux noirs, mi-longs… j'aime le cinéma de Tim Burton, écouter de la musique douce, ma matière préférée est le français et je peux rester des heures dans une forêt. Voilà. • Démone.

— T dessous? poitrin? T kokin? • Sandro Ajaccio.

— Quoi? • Démone.

— Tu fé koi ds le sex? Tt? • Sandro Ajaccio.

— C'est dingue, on ne peut pas parler d'autre chose? • Démone.

— T NRV? C cool, 6 T 1 violente: tu dois M é la sodo! je bande grav • Sandro Ajaccio.

Lucie plaqua ses mains sur son visage. Tellement simple à comprendre finalement. Elle eut soudain peur d'être reconnue, que son visage soit placardé jusqu'aux ordinateurs d'Ajaccio. Un frisson mauvais longea sa colonne vertébrale, roula dans le creux de sa poitrine jusqu'à lui soulever le cœur. Elle pleura, ne put s'en empêcher, ses muscles étrangement douloureux, puis laissa déferler son angoisse et sa colère.

— Julien… c'est l'abattoir… on est des filles ou des pièces de bœuf? • Démone.

— Tu es tombée sur un con, c'est tout. • Chet B.

— Y a que ça sur ton net. Même pas sûre qu'ils aient moins de 18 ans, c'est dégueulasse. • Démone.

— Ok, ok mais tu t'attendais à quoi aussi avec un pseudo comme celui-là… Lucie Fer? • Chet B.

Lucie se fit aider pour la réponse.

Un nouveau message en clin d'œil au bas de son écran. Celui-ci prendrait pour tous les autres. L'engueulade du siècle.

— Décidément, le monde est une scène de théâtre mais les rôles ont été mal distribués. Démone et Ange ne pourront-ils jamais s'entendre? • Ange.

Lucie ne trouva pas les mots, les bras ballants et les tempes bourdonnantes.

Voilà ce qu'elle attendait.

Une entrée en matière sans faute d'orthographe, sans un mot de trop, sans la moindre équivoque. La poésie promise. Un gouffre de douceur.

— Tjrs là? • Chet B.

Lucie se mordit les lèvres de manquer si abruptement de repartie. Ne pas le faire attendre. Faire patienter Julien et trouver une foutue réponse à la hauteur de cet Ange.

— Oui… là, mais très occupée à éliminer tous les tordus! • Démone.
— Quand un message semble enfin intelligent, il doit y avoir moyen de trouver un terrain d'entente. • Démone.

« Semble intelligent ». Grosse maligne!

Autant lâcher : « Je doute de la capacité de tes neurones. »

Le message déjà chez Ange, Lucie s'en voulut.

— Bon je te laisse, je suis en grand dial avec Nora Jones de Bordeaux! @+. • Chet B.

— Une rencontre qui débute par un compliment va nécessairement se transformer en amitié véritable. Elle commence comme il faut. Non? • Ange.

Si.

Lucie s'enfonça un peu plus dans son fauteuil à roulettes. Elle regarda son ordinateur sous un nouveau jour. Un peu sur ses gardes mais déjà heureuse.

— Je suis de bonne humeur ce soir, aucune envie de mordre un Ange! • Démone.

La discussion avait duré, sur la pointe des touches, jusqu'au retour prématuré de sa mère. Julien n'était pas réapparu et Ange avait juste eu le temps de lui donner rendez-vous le lendemain, même heure, derrière son écran.

La nuit de Lucie avait été douce. Duveteuse. Julien l'avait bien lu sur son visage.

— Tu as fait de belles rencontres hier soir ?
— Plutôt.
— Ben, raconte !
— Un garçon de dix-sept ans qui revient tout juste de Londres. Il y a passé six ans pour le boulot de son père. Bilingue, grande école et complètement cultivé. Il adore Oscar Wilde,

écoute Robbie Williams. Il se sent un peu perdu à Bordeaux, normal.

— Bien, bien, bien. Il t'a donc draguée comme un fou…

— …

— N'oublie pas que c'est pipeau et compagnie, que des branques les mecs sur le Net ! Ils ne pensent qu'à une seule chose…

— C'est bon, abandonne !

Lucie avait détourné son corps à la recherche d'un groupe de filles où se réfugier. Julien était parti de son côté en précisant que lui aussi avait passé un bon moment et qu'il se reconnectait le soir même pour poursuivre une discussion ensorcelante.

« C'est bon de te savoir tout près… »
Hier, Ange avait encore trouvé les mots justes.

```
- Je dis toujours ce que je ne devrais
pas dire ; en fait, je dis en général ce
que je pense réellement. De nos jours, une
terrible erreur. • Ange.
- C'est une qualité, crois-moi. • Démone.
- En tout cas, un homme qui ne pense pas par
lui-même ne pense pas du tout. • Ange.
- On ferait bien de donner des billets
d'Eurostar aux garçons de mon lycée
pour qu'ils parlent aussi bien que toi.
• Démone.
```

— Je suis trop sérieux, je sais… • Ange.
— Rassurant plutôt. • Démone.
— À Londres, il y a trop de brouillard et trop de gens sérieux. Mais je ne sais pas si c'est le brouillard qui produit les gens sérieux ou si ce sont les gens sérieux qui produisent le brouillard! • Ange.

Lentement, la chambre de Lucie parut se réduire à la seule lueur de son écran. Elle s'était lovée dans le peu de lumière, souriante, sans que le temps écoulé n'ait plus aucune espèce d'importance.

— Je peux te poser une question personnelle? • Démone.
— Bien sûr, les questions ne sont jamais indiscrètes, ce sont les réponses qui le sont parfois. • Ange.
— Pourquoi « Ange » ? • Démone.

À l'autre bout du clavier, il s'était souvenu comment sa grand-mère, juste avant de mourir, avait dit qu'elle partait heureuse et confiante de voir un enfant sourire autant aux anges, qu'il y avait dans ce sourire-là une preuve délicate de leur existence. C'est pour ça, il y a deux ans, même s'il souriait moins, qu'il s'était fait tatouer une aile sur chaque omoplate, pour elle. Puis il avait trouvé une pirouette.

— Bah! La société pardonne souvent au criminel, jamais au rêveur! Je suis mal barré! • Ange.

La mèche de Lucie était retombée, plus lourde encore de ce souvenir. Elle remarqua que sa grand-mère avait toujours peur pour elle. Une grand-mère opprimée. Et, par association d'idées, se rappela « Vodnik ».

Le petit personnage des contes traditionnels qu'elle lui raconte inlassablement pour la prévenir des dangers du dehors. « Tu vois, il vit dans l'eau des rivières et des marais, il se repose sur la branche d'un saule pour recoudre ses vêtements, fumer sa pipe. Habillé tout en vert avec son chapeau et des bottes rouges, oui, tu le crois si gentil. Pourtant, il collectionne les âmes des noyés qu'il repêche et garde dans des tasses. Alors il n'attend qu'une seule chose en vrai : que tu tombes à l'eau. »

– Tu as vu, je t'ai laissée tranquille hier soir. Pas un message, rien.

La voix de Julien, même chuchotée entre les étagères du CDI, était tranchante d'ironie.

– Merci.

– Et tu es retournée au paradis ?

– Pour quelques mots, oui.

– Fais gaffe, juste après le septième ciel, y a le plafond. Le réveil va faire méga mal. Ce soir je te prends en PV, j'ai un truc à te dire entre deux messages.

La sonnerie avait sauvé Julien de la gifle du siècle.

Pourquoi tant d'agressivité? Lucie ne voyait pas. « Se dire des trucs de loin. » C'était son idée après tout.

Lucie fait sauter par le talon ses baskets fines et noires, une manière d'abandon. Dans la fenêtre ouverte, la liste des connectés s'inscrit à droite de l'écran et, sous Albator, Ange apparaît. Elle demande aussitôt le dialogue, en privé. Son ventre se noue, la guerre s'y installe. La réponse tarde. Ne pas se laisser faire finalement, ne pas s'avouer que ce garçon est vraiment très fort pour la vie.

À la corbeille les « coolboy », les « Tidoudou » et les « 21cm »!

L'attente de Lucie est implacable.

En seulement deux soirs, l'absence d'Ange compte déjà. Lucie s'en agace. Il suffit d'un rien pour ne plus être un inconnu.

Puis, heureusement, il fait signe, s'excuse. La voilà à nouveau reliée à lui par le fil des mots ténus. Elle lui parle de Julien, de sa réaction inconcevable qui l'attriste.

```
- Nos jours sont trop courts pour que tu
endosses les chagrins des autres. • Ange.
- Mais on est bien ensemble. Je pensais qu'on
se connaissait par cœur. • Démone.
```

— Il y a des moments où il faut choisir entre vivre sa propre vie pleinement, entièrement, complètement, ou traîner l'existence creuse du monde. Cela te fait peur mais tu es juste en train de grandir, Démone… • Ange.

Chaque nouvelle vague de ses envois roule un peu plus Lucie dans l'exaltation. Être écoutée et comprise, c'est respirer après un long temps d'apnée.

Un nouveau message attire son attention.
Julien.

Lucie balance entre répondre ou pas. Puis, sans colère, se résigne à le faire.

— Lu6 c 1possible 2 se disputer. Dsl. • Chet.B.
— Aucune importance. • Démone.
— Donc G un truc à te dire. Ça me kce le crâne depuis lgtps. Je C pas si je pe. • Chet.B.
— Dis. • Démone.
— Je t'aime Lucie. <3 • Chet.B.

Tremblements de corps.
Lucie balaie le message, se relève d'un bond, ouvre la fenêtre et souffle son malaise dans la touffeur de la rue, jusqu'à épuisement.

Il ne manquait plus que ça… Julien amoureux. Elle sait qu'elle ne devrait pas s'épancher mais elle a soudain besoin du conseil de quelqu'un qui sait.

– Julien vient de me faire une déclaration. • Démone.

La réponse tarde encore.

– Quand on est amoureux, on commence par se décevoir soi-même et on finit par décevoir les autres. • Ange.
– Je ne sais pas. • Démone.
– Veux-tu qu'on en parle en vrai ? Je passe te voir. • Ange.

Un frisson agite le cœur de Lucie.
« Ni nom ni photo ni adresse. Tu ne donnes rien de tout ça. »
Julien ne serait pas d'accord.

– Démone, nous sommes tous dans le caniveau, mais certains d'entre nous regardent les étoiles. Je peux t'aider, on se connaît maintenant. • Ange.
– Je ne sais pas (bis). • Démone.
– Tu ne crains rien. Si ça peut t'influencer, je préfère les garçons. Et crois-moi : influencer quelqu'un, c'est lui donner sa propre âme. • Ange.

Qui de la terre ou de sa tête tourne le plus vite ? Lucie se le demande. Elle ferme les yeux, vacille et se perd en bord de fauteuil. Ses muscles brûlent à tant se contracter sous sa peau. Ses bras croisés dissimulent sa poitrine. Elle se dit qu'elle pourrait tout aussi bien éteindre l'ordinateur et dormir. Plus de Julien, plus de tentations d'Ange, aucune mauvaise note à annoncer à sa mère quand elle rentrera.

Alors la sonnerie de son portable la fait chanceler.

Sa mère justement.

– Lucie, c'est moi, je vais rentrer tard. Avec les grèves il n'y a plus personne dans le service. C'est la panique, tu comprends ?

– Mmmm…

– Il reste du jambon et des nouilles dans le Frigidaire. Tu es sage, hein ? Je t'embrasse.

Lucie retrouve son ordinateur qui clignote de quatre messages.

```
- Lucie, réponds-moi. Je suis là. • Chet.B.

- Tu espères quoi à blablater avec ce con
d'inconnu d'English? • Chet.B.

- Viens si tu préfères. Allée de Tourny. Dans
une heure. Mes parents sont là. On boira un
verre tous ensemble! • Ange.

- Mon âme et mon amitié… Viens! • Ange.
```

Jambon-nouilles. Sage. Tout se brouille et s'entrechoque.

Marre d'être raisonnable.

Il est vingt heures, à peine. Lucie s'engouffre dans la rue Sainte-Catherine, une bouteille de Cadillac à la main. Sa mère ne s'en apercevra même pas. Elle longe les magasins, les cafés animés, croise les regards clairs du soir. Elle marche, tête haute et le pouls rapide, pour déboucher sur la place de la Comédie. Les douze statues ne bronchent pas. Des muses et des déesses, ça n'a pas peur des rencontres.

Lucie sait qu'il ne sera pas question d'effleurer la presque transparence de la peau d'Ange, de désirer le goût ouaté de ses lèvres de plumes ni même de laisser sa main se glisser, experte, sous son débardeur comme dans tous les mauvais films.

Ils parleront vraiment, longtemps, et ce sera bien.

En apercevant la façade de l'immeuble, Lucie s'en veut soudain de son dernier message envoyé à Julien. Celui avec l'adresse d'Ange et un « Si tu veux te battre avec lui, ne te gêne pas » bien senti. Il sera toujours temps lundi de rattraper le coup avec une ruse de fille, les yeux dans les yeux.

Lucie actionne le Digicode. Trois chiffres, une lettre et la petite lumière verte pour jouer les sésame-ouvre-toi. Dans le corridor de l'entrée, elle fouille du doigt les noms des locataires. Une petite goutte de sueur perle sur sa lèvre supérieure.

Elle repense à Vodnik et l'âme des noyés.
Plus aucune manœuvre pour se raviser.

– Super, monte ! C'est au deuxième, porte de gauche.

« Ange ». La voix suave ne trompe pas.

Ne pas lui mentir sur son véritable caractère. Être polie avec ses parents. Lucie chantonne, pour se rassurer, *My Funny Valentine*.

La porte s'ouvre alors sur un garçon longiligne aux pieds nus et aux yeux électriques. En jean et chemise blanche ouverte sur son torse, ses cheveux en bataille et à peine secs sont aussi blonds qu'elle est brune.

– Salut, je m'appelle Lucie, dit-elle en remontant sa mèche derrière son oreille.

– Ah ? Repartez mademoiselle, j'attendais Démone ! plaisante-t-il d'un sourire carnassier. Allez, entre…

Lucie fait un pas dans une vaste entrée de catalogue chic. Meubles en bois exotique, tableaux aux couleurs assorties, tentures chaudes, un rappel de voyages.

Elle tend la bouteille.

– Tiens, c'est pour tes parents.

– Mes parents ?… Oui, justement, ils viennent de partir… à l'instant. Mais ils n'en ont pas pour longtemps, dit-il en faisant claquer la porte derrière eux. Bonjour quand même !

Ange se penche, pose une main forte sur

l'épaule de Lucie qui tend machinalement sa joue. Bonjour, bonsoir. Le geste est banal, l'odeur d'alcool sur ses lèvres humides peut-être un peu moins. Leurs cheveux se mêlent. Le garçon tourne la tête et fait riper sa bouche pour lui voler un baiser. Lucie se dégage, un rien gênée, certaine d'avoir provoqué ce geste. S'il y a eu méprise, elle est de sa faute.

Ange passe une main dans ses cheveux et lève les sourcils d'amusement. Il fait rouler sa langue sur ses lèvres alors que Lucie toussote pour rétablir sa contenance.

— Comme je te disais, je ne sais pas comment réagir à ce que m'a dit Julien. Pourquoi il ne m'a rien dit au lycée ? C'est quand même plus simple de vive voix. En plus, il s'est monté la tête depuis que je lui ai parlé de toi.

— On s'en fout un peu, non ?

— Pardon ?

— Je veux dire, de Julien, là, maintenant, tout de suite on s'en fout.

Lucie chercha dans le regard vague d'Ange une réponse à son étonnement, mais rien. Arrivés au bout d'un long couloir, Ange fait entrer Lucie dans le salon. Les persiennes aux fenêtres sont fermées et, dans l'obscurité, un chemin de bougies fait le tour de la pièce faisant briller une douzaine d'yeux ravis et quelques bouteilles éparpillées.

— Au fait, j'ai oublié de te dire, j'ai invité quelques copains.

Lucie s'arrête.

– Bon, euh... ben je... désolée de t'avoir dérangé... je repasserai.

De toute sa hauteur, Ange interdit toute retraite à Lucie.

– Tss, tss, tss... mauvaise réponse, Démone. Ça va bien de faire la pisseuse planquée dans ta chambre, mais maintenant, faut jouer le jeu jusqu'au bout.

La main d'Ange se resserre sur le poignet de Lucie.

La salive lui manque pour déglutir.

Lucie prend sa respiration.

Une apnée d'enfer quand elle ne sait rien de la plongée.

*NDA : Chaque réplique d'Ange est une citation d'Oscar Wilde.*

# Les trois sœurs et les filles des cités

Leïla Sebbar

Les trois sœurs, on les attend. Je suis arrivé plus tôt que les autres, pour être le premier. Ma mère m'a dit : « Qu'est-ce qui se passe ? C'est l'école, tu veux arriver avant tout le monde ? Tu aimes l'école ? C'est vrai, elle est loin, tu marches sans les souliers, le maître te donne à manger, le soir à la maison, le lait et le pain, c'est pas beaucoup pour un garçon toute la journée avec les livres. Et toi, mon fils, tu pars plus tôt que ton père dans les champs du colon, tu seras pas en retard, le maître sera content, moi aussi je suis contente, mon fils aime l'école, il aura un métier, un bon travail dans la ville, c'est bien mon fils. » Je la laisse parler. Je vais pas lui raconter les filles du maître et pourquoi je cours pour être avant les autres, debout contre le tronc de l'olivier, il est vieux l'arbre, l'écorce est dure et crevassée, ça fait mal au dos, mais c'est le meilleur poste. Depuis le portail, le maître peut pas me voir et moi je les vois de loin. Elles sont pas de chez nous, le maître d'école, on dit que c'est un Arabe, je le crois pas. Est-ce qu'un père musulman (s'il est arabe, il est musulman, sinon c'est pas un Arabe ou alors c'est un traître) laisse aller ses filles dehors, dans la rue, jambes nues, les cheveux sans foulard, on voit les boucles noires frisées de la grande, les boucles, blondes presque, de la petite, les rubans ne les cachent pas, à quoi ils servent les rubans ? La grande a deux rubans, un à droite, un à gauche, la petite et la moyenne un seul, plus gros sur le côté, la mère, elle trouve que ça fait joli ces rubans ? Je les aurais bien arrachés pour voir les cheveux à nu, voir comment ils seraient là, sous nos yeux, sans rien, ni foulard ni ruban, mes sœurs, j'ai jamais vu leurs cheveux, la nuit je vais pas où elles dorment, toutes sous la même couverture comme moi avec mes frères, le matin toutes avec le foulard à fleurs sauf la petite, elle l'enlève si ma mère le serre sur sa tête et elle crie mais elle a le droit, on voit ses cheveux tout courts comme un garçon, c'est pas la honte. Les cheveux fous des trois sœurs, comme Safia l'orpheline on l'appelle « la folle » ses cheveux en l'air, elle a pas un père ni une mère pour lui dire : « Ton foulard, n'oublie pas ton cardoun », le tissu qui s'enroule autour des cheveux de mes sœurs, ça fait une longue queue dans le dos, Safia elle a pas de sarouel et elle tape dans le ballon avec nous sur le stade. Qu'est-ce qu'elles diraient, les filles du maître sans ruban, et après les rubans, qu'est-ce qu'on ferait ?

On les regarde, c'est tout. Elles arrivent, les

trois sœurs, elles se tiennent par la main, elles parlent pas, elles marchent droit devant, elles nous voient pas, jusqu'à l'école des filles chez les Roumi, de l'autre côté de la terre rouge, au village avec la mairie, l'église, le dispensaire, je connais les bonnes sœurs, elles nous ont piqué une longue aiguille, nous les garçons de l'école, contre la maladie, mes sœurs, elles vont pas à l'école des Roumi, chez les religieuses à l'ouvroir, elles apprennent la couture, la broderie, c'est bien pour la maison, ma mère parle avec elles, elle dit que c'est bien pour trouver le mari, si le trousseau est beau, on est des pauvres, mais ses filles auront le trousseau brodé chez les Sœurs, je les vois les Sœurs, elles vont dans les maisons avec les médicaments dans la trousse, elles sont habillées bizarre, c'est pas des femmes, on dirait, avec ma mère elles sont gentilles, ma mère aussi, mon père il dit rien quand elles sont là, les Sœurs, toujours à deux. Les filles du maître, elles vont pas à l'ouvroir, je sais pas pourquoi.

Les jupes sont courtes, trop courtes, il voit pas le père ? Personne pour lui dire que ses filles elles marchent dans la rue devant les garçons et les hommes, les plis des jupes découvrent la cuisse, elles ont des cuisses blanches, le père, si c'est un bon musulman, il dit pas à sa femme : « Tes filles elles sortent pas avec des jupes à la moitié des cuisses, elles portent pas le foulard, mais la jupe doit couvrir le genou, regarde les filles du quartier autour, toutes avec le sarouel et la robe longue, alors mes filles je veux pas les voir habillées comme ça. » Le père, il dit rien à sa femme, c'est elle qui commande pour les habits des filles, chez moi aussi ma mère commande pour les filles, mais elle fait comme veut le père, pas le père seulement, tous les pères, qu'on regarde pas mal les filles, le mauvais regard, avec le mauvais œil et la malédiction. Alors les filles du maître d'école, on les regarde. On s'approche pas trop. On fait semblant de courir contre elles, je sais pas si elles ont peur, on court très vite, et on s'arrête comme les chevaux de la fantasia sur le stade, on dépasse pas la limite. Elles ont peur, je suis sûr, parce qu'on crie aussi fort que les cavaliers, on tire pas des coups de fusil, mais les mots les frappent, même si elles comprennent pas, les petites *Roumiate*, elles entendent nos insultes et même si elles nous regardent pas, elles voient nos gestes vers elles. Les sœurs se serrent l'une contre l'autre, elles marchent plus vite au bout de la terre rouge qui les sauve, elles seront dans les rues des Roumi, les filles des Infidèles habillées, presque nues, et nous, au sifflet du maître, on court vers le portail, ma mère veut que j'aime l'école, moi je sais pas si j'aime ou si j'aime pas, le maître le père des filles, c'est le directeur, il nous apprend, j'écoute, il parle jamais la langue de sa mère, c'est interdit dans l'école, les leçons du maître, la langue étrangère, les lettres au tableau, j'écoute, je fais attention, j'écris dans mon cahier, je ne sais pas si le maître est content. Ma mère ne sait pas encore que je quitterai l'école, trop tôt peut-être ? Je traverserai la mer pour le travail, c'est le pays du travail, l'argent, j'enverrai le mandat à la maison, si Dieu le veut.

Je sais que je verrai encore les trois sœurs, je les verrai parfois tout près, pas les yeux, seulement les broderies sur les cols, à l'ouvroir mes sœurs font pas les mêmes, sur les cols blancs des *Roumiate*, des fleurs comme on voit dans les champs, des fleurs sauvages, la mère les trouve belles, je sais pas pourquoi, des coquelicots, des bleuets, des marguerites, les robes de mes sœurs sont fleuries mais sans broderies et c'est pas les mêmes fleurs. Avec les garçons, presque tous les jours sur le chemin de terre, je crie vers elles, je crie parce que les *Roumiate* sont des *Djinniate*, c'est ce qu'on pense, nous les garçons, on dit entre nous que leur dieu n'est pas notre dieu, qu'elles sont peut-être des filles, nos sœurs aussi, même si on voit rien, mais qu'elles sont filles à moitié et l'autre moitié des *Djinniate*, des génies, bons ou mauvais, mais on pense aussi que les *Djinniate* sont belles. On toucherait la peau si blanche et les cheveux, elles nous regarderaient et on les verrait sourire et nous aussi, ça on le pense, moi je le pense, je ne le dis pas. Je crie seulement avec les autres des injures, et je veux leur faire mal, je veux qu'elles pleurent à cause de nous les garçons de la rue, les mots, les gestes avec les doigts, mais non, elles résistent, elles disent rien, elles pleurent pas et elles passent la ligne rouge, on les voit plus.

Oui, j'ai crié avec les garçons de l'école de la gare, dans notre quartier, j'ai crié et j'ai insulté les trois sœurs, elles auraient pas dû s'habiller comme ça, provoquer, exciter, la mère pensait à quoi et le père ? Le père surtout, il savait comment ça se passe chez nous, la mère, la Française elle était pas dans son pays, comment elle allait savoir si le père disait pas la règle ? Et aujourd'hui, je suis vieux, c'est pas l'âge, c'est le travail, les soucis, les enfants… dans ce pays qui est pas mon pays, pas encore le pays des fils et des filles, des fils surtout, parce que les filles, ça marche à l'école et au travail aussi ça marche, le mari elles sauront choisir, je suis sûr, même un Français, elles sauront le convertir, j'ai pas besoin de faire les prières comme fait ma femme. Non, les filles ça va. C'est les fils, on sait pas comment faire avec eux, on sait pas, et personne sait, quelquefois un imam, mais ça dure pas et ils seront pas tous des champions au foot, à la course à pied ou à la boxe, alors… C'est les fils de la cité avec les filles. Elles s'habillent comme toutes les filles, partout, c'est la mode dans la rue, à la télé, à l'école, c'est comme ça, c'est pas la mère qui commande pour les habits, ni le père, les filles font ce qu'elles veulent, si elles provoquent pas, c'est ce que la mère dit et moi aussi. Mais les fils, ils font les petits chefs dans la cité, pire que les petits chefs à l'usine, les plus teigneux, les fils frappent, ils insultent, ils surveillent que les filles, sœurs, cousines, voisines s'habillent comme il faut, les cheveux, les bras, les jambes on doit rien voir, que les filles soient sages, obéissantes (leur propriété, pour ainsi dire, ils se croient leurs seigneurs et maîtres), que les garçons et les hommes les regardent pas, et s'ils regardent, ils verront rien, ni peau ni cheveu, rien qui les appelle. Ils pensent tout de suite que les filles marchent de travers, ils vont les remettre dans le droit chemin. Au village les trois sœurs, on les a jamais touchées, à peine approchées avec le respect, malgré les cris et les injures. Mais les fils des cités, pas tous, je sais, pas mes fils, je sais, ils marchent et ils parlent mal avec les filles et un jour, ils les déchirent, sauvagement. Nous, les pères, qu'est-ce qu'on fait, qu'est-ce qu'on dit ? Rien.

Mais nos filles, les filles de la cité, les filles des cités résistent. Oui, elles résistent et nous les pères et les mères, on les soutient, on est vieux mais on est avec elles. Elles ont raison de se révolter. Elles ont marché dans le pays avec les mots de la colère, elles ont parlé de la République... elles ont traversé leur pays, la France, et je les ai vues à la télé, ma femme a pleuré, sur les murs de l'Assemblée nationale, avec le bonnet rouge, des filles et des garçons

je sais pas comment on l'appelle, elles étaient belles, j'étais fier.

# Le verrou

Frank Secka

Il regardait sa mère peler une pomme. Ce n'était pas la première. Chaque reinette dénudée rejoignait ses congénères dans une passoire. L'économe y avait taillé des facettes, les écorchant au passage. Elle procédait avec méthode : épluchage, découpage sommaire avec ablation du trognon, mise en quartiers. La casserole attendait sur le brûleur éteint.

C'était plus drôle avant, quand elle faisait des tartes. Ils saupoudraient la table de farine, pesaient le sucre, disposaient les bouts de pommes en soleil, les regardaient cuire par le hublot, il avait quel âge ? Quel âge a-t-on quand on s'intéresse, qu'on veut aider, qu'on s'enthousiasme ?

L'économe avait rejoint le tiroir. Le couteau à dents s'affairait entre les doigts de sa mère, c'était l'étape « trognons ». Il regardait ses mains qui ne le touchaient plus. Le verrou de la salle de bains avait été fermé, du jour au lendemain. Il s'était vu changer seul dans le miroir. Tout seul et pour personne.

– Qu'est-ce t'as à me demander ?
– Rien.

Quand il faisait semblant de s'intéresser à elle, désormais, c'était pour cinq euros ou pour une heure de rab, le samedi soir au bowling. Elle disait toujours non, ils s'engueulaient. Parfois, il l'avait à l'usure.

Elle se méfia.
– T'as déjà eu ta semaine.
– Je sais.
– Alors quoi ?
– Rien.

Pas question d'en parler avec elle. Parce que, sa mère, elle n'était pas du genre « moderne », de celles à qui on présente ses potes, avec qui on fume des joints.

Il la regarda dans les yeux. Elle ne devinait donc rien ?
– Je peux en prendre un bout ?
– Elles sont pas terribles. Tout juste bonnes à cuire.

\*

Ça faisait déjà trois fois qu'il écoutait *Desire*, le dernier tube de Pamela Jones. Ils avaient dansé dessus à la fête de Matthieu. Il remonta le son de plusieurs crans pour se faire engueuler. Il se demandait si c'était bien sincère, ce cinéma : écouter en boucle le même single, reconstituer son visage derrière ses paupières closes. Tout le monde faisait ça. C'était suspect.

Ouvrant les yeux, regardant sa main, il eut envie de se caresser la nuque avec. Se la caresser comme si c'était celle de Laura. Sa main glissa le long de son dos. Situation inédite. Il trouvait ça excitant de se prendre pour elle, de la toucher là où il voulait. Ça ne marchait pas partout, bien sûr. L'inverse fonctionnerait mieux. Sa main, devenue celle de Laura, soudain, lui enflamma le visage. Les doigts de Laura sur ses lèvres, sous son T-shirt. Oh, oh! Il s'allongea, se débragueta. Oui mais voilà. *Impossibeul*! C'était toujours sa main. Il débanda illico. Invoqua Pamela Jones à l'aide.

Avec elle, pas de problème. Ils avaient l'habitude.

— Non mais ça va pas, de mettre ta sono aussi fort? Et pis arrête de t'enfermer, t'entends? Ouvre!

\*

Les gens dans la rue, c'était fou ce qu'ils étaient tartes. À croire qu'ils le faisaient exprès. Depuis le temps que sa famille habitait au premier, il en avait vu passer. Il n'avait jamais envie d'être à leur place. Ça valait surtout pour les couples. La plupart du temps, c'étaient des beaufs ou des vieux cons qui s'emmerdaient ensemble. Les jeunes, c'était pire, ils minaudaient, se serraient par la taille, se bécotaient. On sentait trop que c'était pour la galerie. Il avait horreur de ça, qu'on se donne en spectacle.

Pour faire bon poids, bonne mesure, il s'imagina marcher dans la rue avec Laura et résolut de se critiquer aussi durement.

Il se vit passer très vite et à moto. Et ça, évidemment, c'était la classe.

*

Il ne finirait pas ses jours avec Laura. Quoiqu'on ne savait jamais. Mais ce serait avec une fille comme elle. Toutes ces heures de maths où il l'avait matée. Pas seulement lui, ses potes aussi. À la fête de Matthieu, quand il l'avait embrassée, il s'était dit qu'il n'était pas le premier.

Tant pis.

Ce qu'il aimait, chez elle, c'était qu'elle n'en faisait pas trop. Que, sans être coincée, elle imposait le respect. Sa mère était coiffeuse dans la galerie marchande, son père bossait à l'EDF, et elle rêvait d'aller en Inde à cause d'un film qu'elle avait vu. Voilà ce qu'il savait de sa vie. Et il était sûr qu'elle était vierge.

Quand ils parlaient d'elle dans la bande, ils en venaient toujours à la même conclusion : Laura, c'était le must. Une nana comme ça, pas question de lui faire de mal. Elle était comme « un joyau » qu'il faudrait préserver, Malcolm avait sorti ça un jour. Un pur joyau. Au point qu'en l'embrassant, plus que troublé, il avait été déçu. Elle s'était donnée trop vite.

Un mois.

Il avait mis un mois pour emballer l'affaire. Il aurait pu attendre encore. Il en aurait embrassé d'autres entre-temps. Du tout-venant.

Juste la voir passer, Laura, sous ses fenêtres.

La première fois qu'elle avait levé les yeux vers sa chambre, il avait su. S'il apprenait qu'elle avait déjà couché, il ne le lui pardonnerait pas.

*

La nuit après la soirée de Matthieu, il s'était fait tout un film. C'était cliché sur cliché. Lui et Laura sur une moto, en camping sauvage. Le soir d'après, dans un hôtel. Dans cette version-là, ils prenaient un *drink* sur leur terrasse privée. Des monuments rougeoyaient sous le soleil couchant. Un peu comme l'Arc de triomphe, mais au bout du monde. Ou, encore mieux, à deux cents à l'heure dans une Pontiac en plein Arizona : désert à perte de vue. Il avait aussi inventé des petites scènes intimes, comme celle où il l'aidait à agrafer son soutif dans la salle de bains. L'appart était à eux, la salle de bains, en marbre, la vue, sur le Troca. Elle penchait la tête sur son épaule, ils se regardaient dans le miroir. Ils étaient beaux comme dans une pub D&G.

La scène où ses potes la prenaient l'un après

l'autre dans le garage à vélos, en revanche, il s'en était voulu. Il l'avait mise sur le compte de la fatigue. Il avait trop envie d'elle.

*

Son expérience sexuelle était limite minable, il fallait le reconnaître. Ses potes le prenaient pour un tombeur et, sans déc', c'était vrai. Sauf qu'à chaque fois, ça avait été n'importe quoi. Déjà, il espérait qu'elle ne l'obligerait pas à mettre une capote. Quoique, pour elle, il le ferait. Il était prêt à tout.

Il s'imaginait avec Laura dans la chambre des parents de Joy. Côté pratique, il avait tout prévu : Bailey's, Dunhill… Le grand jeu. En revanche, il ne savait absolument pas comment il s'y prendrait avec elle. Il était perdu rien que d'y penser. Il repartait toujours de la fête de Matthieu : ça commencerait comme ça, se disait-il, et ça irait plus loin. Après le baiser, il mettrait la main sous son T-shirt. Elle ne se laisserait pas faire. Il l'obligerait.

Euh… Non. En gentleman qu'il était, il n'insisterait pas. De toute façon, jamais Laura n'accepterait de se faire peloter devant tout le monde. Peut-être, au début, se laisserait-elle aller sous le coup de l'émotion ? Mais à peine. Lui, il regretterait l'instant d'après. Aurait-elle un soutien-gorge ?

Euh… Donc, au moment opportun, il l'emmènerait dans la chambre des parents de Joy. C'était le seul grand lit qu'il avait sous la main. Ça craignait un peu, parce que c'était là que la grosse Joy l'avait dépucelé. Et elle en voulait. Putain !

Hop ! Il mit Laura à la place. Tamisa la lumière. Elle s'allongerait tout habillée et lui demanderait d'éteindre. Il la rejoindrait dans la pénombre, lui toucherait le bout des seins à travers le tissu, tremblant. Elle frissonnerait. L'écarterait. Tendrement. Ferait mine de se lever. « T'es pas obligée », il s'entendit lui dire. Puis il se vit au-dessus d'elle, il lui serrait les poignets. Elle faisait non de la tête. Une main sur sa bouche. Il appuyait. L'entendait à peine gueuler : « Salaud… »

Sauf qu'il ne voulait pas qu'elle crie. Il recommença au début. Elle serait sous la douche. Ou déjà dans le pieu, c'était encore mieux. Comme ça, ils seraient tous les deux à poil. Pas de chichis. Mais dans le noir. Il le sentait bien, maintenant. Il allait lui donner du plaisir. Pas la baiser. Avec elle, ce serait de l'amour. Une nuit entière, pas juste un coup. Lentement. Il la prenait lentement. Elle gémissait. Il n'aimait pas ça, lui bloqua la bouche pour qu'elle se taise. Elle voulait gémir encore, tellement il lui donnait du plaisir. Elle le mordait. Qu'est-ce que… Lentement. Lentement, elle devenait une chienne. Jamais il n'aurait cru ça d'elle. Il s'entendit lui crier : « Salope ! »

Et qu'elle n'était qu'une sale pute comme les autres, tout juste bonne à se faire baiser.

— À table !

De quoi, « à table » ? Il n'avait pas entendu son père rentrer. Pas faim du tout. Il se fit prier un peu. Pas trop. Pas envie que ça dégénère.

— Tu veux que je vienne te chercher ?

\*

Silence. Il se forçait à les regarder mastiquer. Ce soir-là, sa mère avait tout faux avec son menu : des carottes râpées d'hier, une viande sans goût, des endives à moitié cramées. Après un long soupir, son père s'alluma une brune. Il s'apprêtait à suivre avec une blonde.

— Attendez. J'ai fait une compote.

Elle approcha la casserole.

Il attendait que son père porte sa cuillère à sa bouche.

La même compote de pommes devant lui, dans un petit ramequin. Il n'en voulait pas, c'était un truc de crèche ou de maison de vieux. Au fond de lui, il était sûr que ses parents ne couchaient plus ensemble. Ça l'arrangeait. Le grand lit dans leur chambre, c'était pour la frime.

Même s'il les entendait le vendredi soir.

— Tu manges pas ?
— Si.

Il regardait le ciel par la fenêtre, celui d'une

soirée d'automne qui sentait vaguement l'été. Un peu de chaleur planait dans l'air, le platane avait encore ses feuilles, que le soleil dorait, que le vent caressait comme des boucles blondes. L'horizon était en feu et, dans ce feu, brûlait ce qu'on voulait y mettre.

La mer.

Ce soir, il était fils du soleil et des flots. Entre les deux, il y avait eu le vent du large, des vagues immenses. Du vent. Son portable vibra. Il y pianota en douce sous la table. De quoi ?

« JE PENSE À TOI »

C'était elle.

Non mais, quel message à la con ! Elle le prenait pour qui ? Sa mère s'était levée pour la vaisselle. Son père aussi, pas pour l'aider. Pour regarder ses mains ?... Un souffle chaud s'engouffra dans la pièce, de la poussière d'été volait dans la lumière. On aurait pu compter les grains. Il pensa à la farine. À une pluie de sucre. L'enfant répondit, le même qui modelait des bonshommes avec le restant de pâte. Une étoile de compote était tombée sur la table, le doigt de l'enfant s'en empara, sa petite bouche l'engloutit. L'instant d'après, il était prêt à tout vomir. Trop tard.

« MOI AUSSI »

Il avait répondu à Laura, la nuit pouvait tomber. Il pensa : « Putain, n'importe quoi... Je suis en train de faire n'importe quoi. »

Il se donnait au moins cette chance.

# Le mouvement

« Nous, femmes vivant dans les quartiers de banlieues,
issues de toutes origines, croyantes ou non,
lançons cet appel pour nos droits à la liberté et à l'émancipation.

Oppressées socialement par une société qui nous enferme
dans les ghettos où s'accumulent misère et exclusion.

Étouffées par le machisme des hommes de nos quartiers
qui au nom d'une "tradition" nient nos droits les plus élémentaires.

Nous refusons d'être contraintes au faux choix,
d'être soumises au carcan des traditions
ou de vendre notre corps à la société marchande.

Assez de silence, dans les débats publics,
sur les violences, la précarité, les discriminations.

Il y a urgence et nous avons décidé d'agir.
Pour nous, la lutte contre le racisme, l'exclusion
et celle pour notre liberté et notre émancipation
sont un seul et même combat. »

« Ni putes ni soumises ! » Souvenez-vous, il y a cinq ans maintenant, nous lancions ce cri au visage de notre société tout entière. Il était urgent de faire réagir l'opinion et les pouvoirs publics face à la dégradation du statut des femmes et des filles. Nous exigions que soient menées des politiques qui visent à rétablir la mixité sous toutes ses formes (de genre, d'origine et sociale). Et, pour ne plus raser les murs, nous avions entamé une marche en 2003 dans 23 villes de France. Nous sommes partis de Vitry-sur-Seine, là où Sohanne, 19 ans, avait été brûlée vive pour avoir refusé les avances d'un garçon. Nous avons ainsi libéré la parole et brisé la loi du silence pour qu'aujourd'hui plus personne ne puisse dire : « On ne savait pas ! » Le 8 mars 2003, nous étions plus de 30 000 dans les rues de Paris, lors de la Journée internationale de la femme. Black, Blancs, Beurs, filles et garçons, jeunes ou moins jeunes, tous unis pour la mixité et le respect.

Après l'interpellation est venu le temps de la construction…

En 2004, alors que la France débattait avec passion de la laïcité, nous avons effectué un tour de France républicain. Chaque soir près de 1 000 personnes dans 20 villes-étapes sont venues débattre avec Fadéla Amara de la nécessité de lutter contre les discriminations et les violences faites aux femmes. De la nécessité, aussi, de défendre la laïcité, le seul modèle qui nous permette de vivre ensemble, quelles que soient nos origines, nos opinions, nos croyances ou nos philosophies.

En 2005 nous lancions l'appel pour un nouveau combat féministe, soutenu par plus de 100 associations de terrain, par des personnalités et des milliers d'anonymes. Dans cet appel, nous rappelions la nécessité de construire un féminisme basé sur l'égalité, la mixité et la laïcité.

La même année nous éditions le *Guide d'éducation au respect*, « pour que les filles et les garçons apprennent à vivre ensemble dans le respect »

Que de chemin parcouru depuis 2003 !

Ni putes ni soumises a inauguré le 8 mars 2006, en présence notamment du président de la République et de nombreux acteurs de terrain, la Maison de la Mixité dans un quartier populaire de Paris, le XX$^e$ arrondissement. Depuis, la Maison de la Mixité est une plateforme au service de celles et ceux qui œuvrent au « vivre ensemble ». Elle accueille des initiatives et conférences importantes pour échanger et agir en faveur de l'égalité, du respect et de la mixité. Afin de sensibiliser un public de plus en plus jeune à utiliser les nouvelles technologies au service de la démocratie, nous avons créé, au sein de la maison de la mixité, des ateliers vidéo une télé sur Internet : www.mixite.tv. Nous travaillons aussi à la création, sous l'égide de la grande militante féministe Nawal A Saadawi notamment, d'une grande chaîne de télévision satellitaire consacrée à la cause et aux droits des femmes.

Sollicités par des jeunes filles et femmes en rupture familiale, nous sommes épaulés bénévolement par des avocats et des psychologues qui sont en mesure d'intervenir en urgence.

Doté du statut consultatif auprès de l'ONU, le mouvement « Ni putes ni soumises », présidé par Fadéla Amara, s'est constitué de 65 comités locaux à travers la France. En Belgique, Italie, Espagne, Suède, au Maroc, au Proche-Orient, aux États-Unis, des citoyens ont eux aussi créé des comités « Ni putes ni soumises ». Illustration de la reconnaissance de ce combat au niveau international, Fadéla Amara a été faite docteur *honoris causa* de l'université libre de Bruxelles (ULB) et de l'université de Manchester (Grande-Bretagne).

Nous considérons que notre combat doit se porter hors de nos frontières partout où les femmes sont en danger, partout où les intégrismes et les sociétés patriarcales font peser sur leurs épaules une chape de plomb. Par ce nouveau combat féministe, que nous appelons aussi « altermondialisme féministe », nous voulons renforcer le réseau de solidarité pour que les femmes du monde entier puissent choisir leur mode de vie, quelle que soit leur origine : « Égalité, Mixité, Laïcité », telle est notre devise ! Notre combat est un outil au service de la liberté et de la démocratie.

Mouvement Ni putes ni soumises
Maison de la Mixité
70, rue des Rigoles
75020 Paris
Tél. 01 53 46 63 00
Fax 01 53 46 63 12
infos@niputesnisoumises.com
www.mixite.tv
http://www.niputesnisoumises.com

**NI PUTES NI SOUMISES**

# Table des matières

**Préface** ......... 7

Jeanne Benameur
**Le ramadan de la parole** ......... 11

Shaïne Cassim
**Les compagnons** ......... 19

Kathleen Evin
**Pour Samia** ......... 35

Guillaume Guéraud
**Trois millions de regrets** ......... 61

Véronique M. Le Normand
**L'âme voilée** ......... 75

Susie Morgenstern
**Sapée comme de la soupe** ......... 93

Jean-Paul Nozière
**La sœur de Pinocchio** ......... 103

Mikaël Ollivier
**Faire l'amour** ......... 117

Thomas Scotto
**Mi-ange mi-démon** ......... 135

Leïla Sebbar
**Les trois sœurs et les filles des cités** ......... 159

Frank Secka
**Le verrou** ......... 169

# Collection Romans

## Niveau de lecture : 3ᵉ et plus

### Des barreaux plein les yeux
*de Marc Cantin*

Marie est en prison. Le juge des enfants veut comprendre comment la vie de cette adolescente sans histoire a basculé. Il l'apprivoisera. Elle lui racontera Jérôme, ce garçon plus âgé, leur cavale et sa trahison. Elle lui dira comment on peut vouloir tuer par amour, à treize ans.

### L'Amour en chaussettes
*de Gudule*

Delphine est amoureuse de son prof d'arts plastiques qui leur a fait un cours décoiffant sur le préservatif. Quand elle comprendra que rien n'est possible avec lui, elle trouvera refuge dans les bras d'Arthur avec qui elle vivra sa première expérience sexuelle...

### La Danse interdite
*de Rachel Hausfater-Douïeb*

Perla et Wladek s'aiment. Tous les deux sont polonais mais elle est juive, pas lui. On les sépare. Perla est envoyée aux États-Unis rejoindre son père. Plus tard, elle retourne en Pologne au moment où les Allemands envahissent le pays...

### Un jour avec Lola
*de Jean-Paul Nozière*

Lola joue à remplacer sa mère partie depuis deux ans. Elle emprunte sa garde-robe et mime ses attitudes auprès de son père qu'elle vénère par-dessus tout. Ses allures de femme-enfant préoccupent les services sociaux.

### Le Goût de la mangue
*de Catherine Missonnier*

Madagascar, 1956. Anna se sent mal intégrée dans le cercle privilégié de la jeunesse blanche de l'île, en cette fin de domination coloniale. Avec la rencontre de Léon, les tensions indépendantistes vont faire irruption dans le quotidien de l'adolescente.

### Acte II
*de Michel Le Bourhis*

L'année de la seconde scelle pour Vincent l'adieu à l'enfance : premiers émois, premiers embrasements aussi pour les mots lus ou écrits. Ceux-là mêmes qui poussent son professeur de lettres à quitter l'enseignement pour se lancer dans le théâtre professionnel.

### Série noire sur le *Chérie Noire*
*de Jean-Paul Nozière*

Sur son pauvre rafiot, Philémon Frigo cherche un sujet pour son prochain livre. Pressé par son éditeur, il promet d'écrire en trois semaines la biographie romancée de Jean Philibert Loca, légende vivante de la littérature. Et vogue la galère, sur laquelle l'accompagne Souad, la belle secrétaire touareg...

### Vers des jours meilleurs
*de Marc Cantin*

Zack a seize ans et fume de l'herbe, régulièrement. Il aimerait faire partager à Maïa ces moments où il plane. Il espère que ça les aidera à franchir le pas... à faire l'amour pour la première fois. Un jour on lui propose de passer à autre chose. Des ecstasys d'abord et un peu de cocaïne, en cadeau...

### L'Ogre blanc
*de Jean-François Chabas*

Noraughengi est un géant. Un sommet, quelque part en Asie, que tous les grands alpinistes rêvent de gravir. Nombreux sont ceux qui y ont laissé la vie... Un jour, Aram décide de tenter la conquête du monstre. Son frère Pietr refuse de le laisser partir seul.

### Pouvoir se taire, et encore
*de Marie-Sophie Vermot*

À quel moment peut-on dire que Dina a basculé vers l'anorexie ? Quel a été le déclic ? Est-ce l'opération chirurgicale qui a transformé son visage qu'elle ne reconnaît plus ? Sa première grande déception sentimentale, juste après avoir fait l'amour pour la première fois ? L'attitude de sa mère ? Un peu tout cela ?

### Star-Crossed Lovers
*de Mikaël Ollivier*

Une usine qui ferme, une grève qui éclate, une ville qui s'embrase, et deux adolescents qui s'aiment d'autant plus passionnément que tout et tous semblent vouloir les séparer. Ce n'est pas pour rien que le titre de ce roman est emprunté au *Roméo et Juliette* de Shakespeare. Car Guillaume, le fils du patron de l'usine, et Clara, la fille de son délégué syndical, sont aussi, à leur manière, des *star-crossed lovers*, des amants maudits par les étoiles.

### La Saison des chamailles
*de Véronique M. Le Normand*

Ce qui compte le plus pour Lily, c'est la bande de copains, les rendez-vous dans les cafés, les discussions interminables et essentielles. Et aussi son amitié avec Florian. L'alter ego, le confident, le frère, l'ami, l'indispensable... En le perdant, Lily va brusquement mesurer son attachement à Florian : et si c'était lui, l'amoureux qu'elle cherche en vain ?

### Retour à Douala
*de Marie-Félicité Ebokéa*

Charlotte est une jeune neurologue brillante. Camerounaise, elle a quitté Douala pour faire ses études en France et n'y est jamais retournée depuis. À la mort de sa grand-mère dont elle était très proche, Charlotte rentre au Cameroun de toute urgence. Le corps de sa grand-mère a disparu, volé. Devant la mollesse de la police locale, Charlotte décide de mener son enquête.

### À-Pic
*de Frank Secka*

Dans un séjour aux sports d'hiver, il n'y a pas que le ski. Surtout quand on est le plus jeune du groupe et qu'on découvre tout de l'autre. On apprend vite que dans les paroles, en pensées, entre les corps aussi, on peut s'aventurer hors piste. Des avalanches que l'on déclenche alors, on se relève un peu sonné, un peu plus vieux, un peu plus riche. Plus fort aussi, plus libre. Peut-être différent.

### Brooklyn Babies
*de Janet McDonald*

À seize ans, Raven est déjà maman. Fini ses rêves d'études universitaires qui l'emmèneraient loin de la cité new-yorkaise où elle vit chez sa mère. Baissera-t-elle les bras comme sa meilleure amie Aïcha, elle aussi fille mère, qui lui conseille de vivre d'allocations et de se la couler douce ? Ou s'accrochera-t-elle à ses rêves ?

### Le garçon qui aimait les bébés
*de Rachel Hausfater-Douïeb*

Martin aime les bébés. Depuis toujours. Lorsque Louise, son amie, tombe enceinte, elle le vit comme une catastrophe. Mais pour Martin, c'est différent. Cet enfant, même s'il ne l'a pas fait exprès, il l'aime déjà, il l'attend, et fera tout pour le garder.

### Des filles et des garçons
*Collectif*

Onze nouvelles pour parler du regard des garçons sur les filles, des filles sur les garçons. Pour dire l'amour et la violence, les pressions sociales, familiales ou religieuses, le poids des traditions…, mais aussi la solidarité et l'amitié. En partenariat avec le collectif « Ni putes ni soumises ».

### Route 225
*de Chiya Fujino*

Eriko part à la recherche de son petit frère, Daigo, qui tarde à rentrer de l'école. Elle le retrouve dans le square de son quartier, mais bizarrement ils n'arrivent plus à rentrer à la maison. Autour d'eux, tout a changé. Où se trouve le monde réel ?

### Une poignée d'argile
*de Marie-Sabine Roger*

De son enfance, elle ne se souvient de rien, ou presque. Son père n'est même pas mort, bien pire, il a disparu, tout lâché. Il les a abandonnées, du jour au lendemain, sa mère et elle. Grisaille et rancœur jamais résolue. Le dessin, la sculpture vont la sauver.

**Ci-gît, pour l'éternité**
*de Jean-Paul Nozière*
Éric est mort il y a dix ans, à la Combes-aux-Loups, lors d'un camp pour ados difficiles. Un fait divers tragique : accident de minibus, dix victimes. Alex, qui a à présent l'âge de son cousin Éric lors de sa mort, veut comprendre les circonstances exactes de l'accident.

**Faire le mort**
*de Stefan Casta*
Kim et des copains partent passer quelques jours au cœur de la forêt suédoise. Un soir, autour du feu de camp, une dispute éclate. Kim se fait passer à tabac, il est laissé pour mort par ses amis. Comment les choses ont-elles pu en arriver là ? Qu'est-ce qui a poussé les adolescents à commettre un acte aussi terrible ?

*de Bernard Friot*
Max n'aime rien ni sa vie ni personne. Seule compte sa sœur aînée mais elle est partie, loin, à Valparaiso, Chili. Max se prétend «zérosexuel». Pourtant, tout ce qui touche à la sexualité le travaille... La présence de Karima illumine ses journées et hante ses rêves.

**Les Fous d'oliviers**
*de Claude Clément*
La Bergerie des Pastriers est un havre de paix. La famille cultive les oliviers et élève des moutons. Isabelle y est heureuse avec ses parents et ses frères. Olivier, l'aîné, et son père sont inséparables. Jusqu'à l'accident de moto qui tue Olivier... Le père s'effondre.

**La Fille du squat**
*de Ragnfrid Trohaug*
«Je ne suis celle de personne !» affirme Ida, qui n'accepte pas la mort de son grand-père, avec qui elle avait une belle complicité. C'est alors que surgit Linn, dix-sept ans, les yeux vairons, qui vit dans un squat. Immédiatement, Ida tombe amoureuse. Mais l'amour entre Linn et Ida est compliqué.

**Le Quatrième Soupirail**
*de Marie-Sabine Roger*
Dans un pays d'Amérique du Sud écrasé par une dictature, le père de Pablo est enlevé par des soldats. Son seul crime : éditer de la poésie révolutionnaire. Pablo va tenter de s'introduire dans la prison où son père est détenu pour lui murmurer, jour après jour, les vers de la survie.

**Pourquoi ça fait mal ?**
*de Rachel Hausfater*
C'est l'histoire d'un coup de foudre dans un bus. D'échanges de regards, d'attente... De l'état dans lequel l'amour vous plonge, de l'obsession des retrouvailles, de la peur de tout inventer. Puis l'amour révélé, très vite envenimé par la jalousie, la crainte d'être mal aimée.

**Mais il part...**
*de Marie-Sophie Vermot*
Parce qu'il a besoin d'argent pour s'offrir la guitare électrique de ses rêves, Saul accepte de promener quelques heures par semaine une chienne qu'il a sauvée. Au fil des jours, il va nouer une amitié avec le propriétaire de la chienne, atteint du sida...

**Lise.**
*de Corinne Lovera Vitali*
Le temps d'une immobilisation forcée, Lise va essayer de vraiment se parler. Les mots volent à son secours alors qu'elle est dans la pente. Et quand elle la remonte, Lise lentement consolide sa parole en même temps que ses jambes...

**La Vie comme Elva**
*de Jean-Paul Nozière*
Lorsque ses parents apprennent leur licenciement, c'est Elva qui va les pousser à se battre. « Elva la rouge » qui distribue les tracts à travers la ville, prépare les banderoles, rejoint les occupants de l'usine et les piquets de grève. Une fille de son âge croise son regard, c'est le coup de foudre.

**Deux fois rien**
*de Marie-Sophie Vermot*
Nuala est enceinte, même pas amoureuse, une histoire idiote dont elle a honte. Elle entre en seconde, l'accouchement est prévu pour Noël. Il lui faudra, bien avant l'heure, apprendre à être maman.

**Frères de sang**
*de Mikaël Ollivier*
Un soir, le destin des Lemeunier bascule. Brice, le fils aîné, est arrêté, soupçonné d'être l'auteur de cinq crimes odieux. D'abord terrassé, mais convaincu de l'innocence de son frère, Martin se lance dans une enquête en solitaire.

**Havre de paix**
*de Fujino Chiya*
Quatre nouvelles évoquent la vie contemporaine au Japon. Les personnages flottent dans une réalité banale derrière laquelle affleure l'étrange, pas forcément où nous l'attendons.

**Un été 58**
*de Jean-Paul Nozière*
Dans la torpeur de l'été 1958, Justin est placé en famille d'accueil, dans un village. Il a quatorze ans, il est d'une aisance insolente avec les adultes. Pierre, fils d'instituteurs, élevé strictement, tombe sous le charme.

**Point de côté**
*de Anne Percin*
Il y a sept ans, Pierre a perdu son frère jumeau dans un accident

de voiture. Survivre est devenu si difficile que, peu à peu, il y a renoncé. Un suicide lent, par la course à pied. Mais c'est quand on ne croit plus à rien que tout peut arriver...

### Deux sœurs en décembre
*de Shaïne Cassim*
Romy se plaît, se roule dans le chagrin et la tristesse. Et soupire en secret pour Athanaël, qui est accessoirement le proviseur du lycée où elle est en hypokhâgne. Un jour, elle franchit le pas.

### La Théorie de la relativité
*de Barbara Haworth-Attard*
Le jour de ses seize ans, Dylan est mis à la porte par sa mère. Sans toit ni ressources, il apprend à vivre dans la rue. Il y a des règles à suivre, des codes à comprendre... Malgré des amitiés occasionnelles, la vie dans la rue est une longue descente aux enfers.

### Mixité(s)
*Collectif*
Les clichés enferment. La religion et les différences culturelles définissent mais séparent aussi quand elles sont brandies comme des étendards... Comment mieux vivre ensemble ? Neuf nouvelles pour évoquer la notion de mixité.

### Tout doit disparaître
*de Mikaël Ollivier*
Frénésie des soldes, invasion des marques, publicités tapageuses et surconsommation... À son retour en métropole, tout révolte Hugo et le dégoûte au regard du dénuement qu'il a vécu sous les tropiques. Il entre en résistance.

### Rien à perdre
*de Marie-Sophie Vermot*
Tess conduisait le tracteur qui a écrasé Sita, sa petite sœur. Depuis elle a obéi à son père, elle s'est éloignée de lui. Comment ne pas renoncer à ses projets maintenant que plus rien n'a de sens ? Et si sa mère, perdue de vue depuis longtemps, pouvait l'aider ?

### Nous sommes tous tellement désolés
*de Jean-Paul Nozière*
Au village, ils n'ont pas aimé voir débarquer Vassile, un étranger qui a hérité la maison de sa mère. Vassile veut comprendre... Comprendre celle qui l'a abandonné dix ans auparavant et qui lui lègue une baraque branlante au milieu des vignes.

### Frères de rap
*de Janet McDonald*
Nate a seize ans et vient d'Harlem. Contrairement à ses amis d'enfance qui vivent de petits trafics en tous genres, il a obtenu une bourse pour intégrer un grand lycée chic. Difficile de faire cohabiter ces deux mondes et Nate refuse de choisir.

CET OUVRAGE A ÉTÉ ACHEVÉ D'IMPRIMER EN TOUTE LIBERTÉ POUR LE COMPTE DES ÉDITIONS THIERRY MAGNIER PAR L'IMPRIMERIE TECHNIC IMPRIM À 91 LES ULIS EN FÉVRIER 2008 (4e ÉDITION) DÉPÔT LÉGAL : NOVEMBRE 2003

Imprimé en France